WILLKOMMEN IM CLUB SHADOWLANDS

Die Master der Shadowlands-Reihe: Buch 1

CHERISE SINCLAIR

VanScoy Publishing Group

Die Master der Shadowlands:
Willkommen im Club Shadowlands
Copyright © 2009 by Cherise Sinclair
Übersetzung © 2018 Birgit Oikonomou
@ Originalausgabe: *Club Shadowlands* by Cherise Sinclair; 2009
ISBN: 978-1-947219-27-4
Published by VanScoy Publishing Group
Cover Artist: April Martinez

Warnung: Dieses Buch enthält sexuell explizite Szenen und Erwachsenensprache und kann von einigen Lesern als anstößig betrachtet werden. Dieses Buch ist nur für den Verkauf an Erwachsene bestimmt gemäß den Gesetzen des Landes, in dem Sie Ihren Kauf getätigt haben.

Disclaimer: Bitte probieren Sie keine neuen sexuellen Praktiken ohne die Anleitung eines erfahrenen Lehrers aus. Weder der Herausgeber noch der Autor sind verantwortlich für Verlust, Schäden, Verletzungen oder Todesfälle, die sich aus der Verwendung der in diesem Buch enthaltenen Informationen ergeben.

DANKSAGUNG

Umarmungen und Dank an meine deutschsprachigen Beta-Leser Janet Juengling-Snell und Tina für ihren Rat und ihre Hilfe bei diesem Projekt.

Noch mehr Umarmungen und ein großes Dankeschön an Sandra Hering für die Beta-Lesung des gesamten Manuskripts.

Und nicht zuletzt ein herzlicher Dank an Melina für Lektorat und Korrektur.

ANMERKUNG DER AUTORIN

An meine Leser,

dieses Buch ist Fiktion, keine Realität, und wie in den meisten romantischen Fiktionen wird die Liebesgeschichte in eine sehr, sehr kurze Zeitspanne komprimiert. Ihr, meine Lieblinge, lebt in der realen Welt und ich möchte, dass ihr euch ein wenig mehr Zeit nehmt als die Heldinnen, über die ihr lest. Gute Doms wachsen nicht auf Bäumen, und es gibt einige seltsame Typen dort draußen. Während du also nach deinem speziellen Dom suchst, sei bitte vorsichtig. Wenn du ihn gefunden hast, denke daran, dass er keine Gedanken lesen kann. Ja, auch wenn es beängstigend ist, du wirst dich öffnen und mit ihm reden müssen. Und ihm im Gegenzug zuhören. Deine Hoffnungen und Ängste teilen, was du von ihm möchtest, was dir Angst macht. Okay, vielleicht wird er versuchen, deine Grenzen ein wenig zu verschieben – er ist schließlich ein Dom – aber du hast ein Safeword. Du wirst ein Safeword haben, ist das klar? Verwende jeglichen Schutz. Such dir eine Vertrauensperson. Kommuniziere. Erinnere dich: *sicher, gesund* und *einvernehmlich*.

Wisse, dass ich hoffe, dass du diese spezielle, liebende Person findest, die deine Bedürfnisse versteht und bei der du dich gut aufgehoben fühlst. Lass mich wissen, wie es dir geht. Ich sorge mich um dich, weißt du.

In der Zwischenzeit, komm und häng ab mit den Masters of the Shadowlands.

– Cherise

KAPITEL EINS

Jessica Randall kletterte aus dem Wassergraben, ihr Herz hämmerte. Kalter Regen peitschte durch die dunkle Nacht, durchnässte ihre Kleidung und lief über ihr Gesicht. Nach Luft schnappend kniete sie im Schlamm nieder, überrascht, dass sie es in einem Stück bis zum Ufer geschafft hatte. Als sie einen Blick über ihre Schulter zurückwarf, lief es ihr kalt den Rücken hinunter. Alligatoren liebten es, in Floridas Kanälen rumzuhängen. Ein paar Augenblicke länger und sie wäre ... Schaudernd verdrängte sie den Gedanken. Mit zitternden Händen wischte sie sich das Wasser aus dem Gesicht und stemmte sich auf die Füße.

Als ihre Angst langsam abnahm, spähte sie angestrengt durch die Dunkelheit und konnte kaum ihren Wagen sehen. Ihr armer kleiner Taurus steckte mit der Nase voraus im Wasser, das seine Motorhaube umspülte.

1

„Ich werde zurückkommen und dich holen. Keine Sorge", versprach sie und fühlte sich dabei, als würde sie ihr Baby im Stich lassen.

An der Landstraße schob sie ihr wirres Haar aus dem Gesicht und schaute in beide Richtungen. Dunkelheit und – Dunkelheit. Verdammt, wieso konnte sie nicht direkt vor jemandes Haus einen Unfall haben? Nein, das nächste Haus war wahrscheinlich jenes, an dem sie etwa eine Meile zuvor vorbeigefahren war. Seufzend machte sie sich in diese Richtung auf und blieb kurz stehen, um die Wasserlache zu betrachten, die ihr Auto aus der Spur gebracht hatte. Das Gürteltier war natürlich schon lange weg. Wenigstens hatte sie es nicht verletzt.

Mit eingezogenem Kopf schleppte sie sich den Asphalt hinunter in Richtung des Hauses. Mit jedem Schritt wurde sie nässer. Hoffentlich stolperte sie in der Dunkelheit nicht über ein Hindernis. Ein Beinbruch wäre das Tüpfelchen auf dem i an einem Tag, der von Anfang bis Ende ein reines Desaster war.

Fehler Nummer eins: sich auf halber Strecke zu einem ersten Date mit einem Mann zu treffen, der viele, viele Meilen außerhalb von Tampa lebte.

Die Reise war er definitiv nicht wert gewesen. Sogar die Prüfung von Geschäftsbuchkonten hätte sie aufregender gefunden. Zudem schien auch er nicht sonderlich beeindruckt von ihr gewesen zu sein. Sie schnitt eine Grimasse. Sie hatte den Blick in seinen Augen bemerkt, der besagte, dass er eine große, schlanke Frau vom Typ Angelina Jolie erwartet hatte, obwohl ihr Profilbild sie eindeutig beschrieb: Eine kleine Marilyn Monroe.

Sie musste zugeben, dass es genauso dämlich war, einen Kerl im Internet finden zu wollen, wie eine Abkürzung durch die tiefste Provinz zu nehmen, ihr zweiter Fehler an diesem Tag.

Ihre Tante Eunice schwor stets, dass solche Dinge immer im Dreierpack passierten. War nun „Bremsen für ein Gürteltier" ihr drittes Mal oder wartete noch ein weiteres Desaster in naher Zukunft?

Sie zitterte, als der Wind durch die Palmettopalmen heulte und ihr die durchnässte Kleidung an ihren abgekühlten Körper pflasterte. Doch stehen bleiben konnte sie jetzt nicht. Beherzt setzte sie also einen Fuß vor den anderen, wobei ihre durchtränkten Schuhe bei jedem Schritt quietschten.

Eine Ewigkeit später entdeckte sie einen Lichtschimmer. Erleichterung überkam sie, als sie eine Zufahrt erreichte, die mit Hängeleuchten übersät war. Sicherlich würde wer immer hier wohnte sie das Ende des Sturms abwarten lassen. Sie schritt durch die kunstvollen Eisentore, die palmengesäumte Straße hinauf, an Grünflächen vorbei, bis sie schließlich eine dreistöckige Steinvilla erreichte. Schwarze schmiedeeiserne Laternen erhellten den Eingang.

„Nettes Plätzchen", murmelte sie. Und ein wenig einschüchternd. Sie schaute an sich hinunter, um den Schaden zu begutachten. Schlamm und Regen überzogen

3

ihre maßgeschneiderte Hose und ihre Bluse, wohl kaum ein geeignetes Erscheinungsbild für eine seriöse Buchhalterin. Sie sah eher aus wie etwas, das nicht einmal die Katze ins Haus schleppen würde.

Heftig schlotternd versuchte sie den Schmutz wegzurubbeln und schnitt eine Grimasse, als sie bemerkte, dass sie es nur noch schlimmer machte. Sie starrte auf die gewaltigen Eichentüren, die den Eingang bewachten. Eine kleine Türklingel in Form eines Drachen leuchtete an der Seitenwand und sie drückte darauf.

Sekunden später öffneten sich die Türen. Ein Mann, übergroß und hässlich wie ein kampferprobter Rottweiler, schaute auf sie herab. „Tut mir leid, Miss, Sie kommen zu spät. Die Türen sind verschlossen."

Was zum Teufel sollte das heißen?

„B-Bitte", sagte sie, stotternd vor Kälte. „Mein Auto ist im Graben gelandet und ich bin völlig durchnässt. Ich brauche einen Ort, wo ich etwas trocknen und Hilfe herbeiholen kann." Aber wollte sie wirklich mit diesem gruselig aussehenden Kerl hineingehen? Doch dann schlotterte sie so sehr, dass ihre Zähne klapperten, und die Entscheidung war gefallen. „Kann ich reinkommen? Bitte?"

Er schaute sie finster an, sein grobknochiges Gesicht wirkte brutal im gelben Eingangslicht. „Ich muss Master Z fragen. Warten Sie hier." Und der Bastard schloss die Tür und ließ sie in der Kälte und Dunkelheit stehen.

Jessica schlang die Arme um ihren Körper, stand elendig

herum, bis sich die Tür schließlich wieder öffnete. Erneut der Brutalo. „Okay, kommen Sie rein."

Die Erleichterung trieb ihr Tränen in die Augen. „Danke, oh, vielen Dank." Sie ging an ihm vorbei, bevor er seine Meinung ändern konnte, stürmte in einen kleinen Eingangsraum und knallte gegen einen festen Körper. „Mmpf", schnaubte sie.

Feste Hände umfassten ihre Schultern. Sie schüttelte ihr nasses Haar aus den Augen und schaute hoch. Und höher. Der Kerl war groß, gut einen Meter achtzig, seine Schultern breit genug, um den Raum dahinter zu versperren.

Er kicherte und seine Hände rutschten von den Schultern zu ihren Oberarmen. „Sie friert, Ben. Molly hat ein paar Kleidungsstücke im blauen Raum gelassen. Schick' eine der Subs."

„Okay, Boss." Der Brutalo – Ben – verschwand.

„Wie heißen Sie?" Die Stimme ihres neuen Gastgebers war tief, dunkel wie die Nacht draußen.

„Jessica." Sie löste sich aus seinem Griff und trat zurück, um einen besseren Blick auf ihren Retter zu werfen. Glattes schwarzes Haar, das an den Schläfen ergraut war und knapp seinen Kragen berührte. Dunkelgraue Augen mit Lachfältchen an den Seiten. Ein schmales, hartes Gesicht, dem der Schatten eines Bartes einen Hauch Rauheit verlieh. Er trug eine maßgeschneiderte schwarze Hose und ein schwarzes Seidenhemd, unter dem sich harte Muskeln abzeichneten. War Ben ein Rottweiler, so war dieser Typ ein Jaguar, schlank und tödlich.

„Es tut mir leid, wenn ich störe –" begann sie.

Ben tauchte mit einer Handvoll goldfarbener Kleidungsstücke wieder auf, die er ihr zuschob. „Hier, bitte schön."

Sie nahm die Sachen und hielt sie von sich weg, um zu
verhindern, dass sie nass wurden. „Danke."

Ein schwaches Lächeln zerknitterte die Wange des
Managers. „Ich fürchte, ihre Dankbarkeit kommt verfrüht.
Dies ist ein privater Club."

„Oh. Es tut mir leid." Was sollte sie jetzt tun?

„Sie haben zwei Möglichkeiten. Sie können hier draußen
am Eingang bei Ben sitzen bleiben und warten, bis der
Sturm vorübergeht. Laut Wettervorhersage werden Wind
und Regen bis etwa sechs Uhr morgen Früh anhalten, und
bis dahin werden Sie keinen Abschleppwagen hierher in die
Prärie bewegen. Oder Sie unterschreiben ein paar Papiere
und nehmen an der Party teil."

Sie schaute sich um. Der Eingangsbereich war ein
winziger Raum mit einem Schreibtisch und einem Stuhl.
Nicht beheizt. Ben warf ihr einen mürrischen Blick zu.

Etwas unterschreiben? Sie runzelte die Stirn. Andererseits
konnte man in dieser prozessverrückten Welt nicht einmal
ein Fitnesscenter besichtigen, ohne etwas zu unterschreiben. Sie konnte also die ganze Nacht hier sitzen bleiben.
Oder ... die Zeit mit glücklichen Menschen verbringen und
es warm haben. Leichte Entscheidung. „Ich würde gerne bei
der Party dabei sein."

„So ungestüm", murmelte der Manager. „Ben, gib ihr
den Papierkram. Sobald sie unterschrieben hat – oder auch

nicht –, kann sie den Umkleideraum benutzen und sich abtrocknen und umziehen."

„Ja, Sir." Ben stöberte in einem Ablagefach auf dem Schreibtisch und zog ein paar Blätter Papier hervor.

Der Manager nickte Jessica zu. „Dann sehe ich Sie später."

Ben schob ihr drei Zettel und einen Stift zu. „Lesen Sie die Regeln und unterschreiben Sie auf der letzten Seite." Er starrte sie an. „Ich hole ein Handtuch für Sie."

Sie begann zu lesen. *Regeln der Shadowlands.*

„Shadowlands. Was für ein ungewöhnlicher Na-", sagte sie und schaute hoch. Beide Männer waren verschwunden. Huh! Sie las weiter, versuchte ihre Augen zu fokussieren. Eine Menge Kleingedrucktes. Trotzdem – sie unterschrieb nie etwas, ohne es zu lesen.

Die Türen öffnen sich um …

Wasser sammelte sich um ihre Füße herum, ihre Zähne klapperten so heftig, dass sie ihren Kiefer zusammenpressen musste. Es gab eine Kleiderordnung. Außerdem stand da etwas über das Reinigen von Geräten nach Gebrauch. Bei der Hälfte der zweiten Seite verschwammen die Buchstaben vor ihren Augen. Ihr Gehirn fühlte sich an wie eisiger Schneematch. *Zu kalt – ich kann nicht mehr.* Dies war schließlich nur ein Club, es war ja nicht so, als würde sie einen Vertrag für eine Hypothek unterschreiben.

Sie blätterte zur letzten Seite, kritzelte ihren Namen darunter und schlang die Arme um ihren Körper. *Kann nicht warm werden.*

Ben kam mit Handtüchern zurück und zeigte ihr dann ein opulentes Badezimmer neben dem Eingang. An einer Seite befanden sich Glastüren, gegenüber gab es eine Spiegelwand mit Waschbecken und Ablageflächen. Nachdem sie die geborgten Klamotten auf die marmorne Platte gelegt hatte, kickte sie ihre Schuhe von den Füßen und versuchte, ihre Bluse aufzuknöpfen. Dabei bemerkte sie eine Bewegung im Spiegel. Erschrocken blickte Jessica auf und sah eine kleine, pummelige Frau mit strähnigem blonden Haar und blassem, von der Kälte bläulich verfärbten Teint. Es dauerte eine Sekunde, bis sie sich selbst erkannte. Iihh! Sie wunderte sich, dass sie überhaupt reingelassen worden war.

In schrecklichem Kontrast zu Jessicas Erscheinung, betrat eine große, schlanke, absolut hinreißend aussehende Frau das Badezimmer und schenkte ihr einen finsteren Blick. „Ich soll dir beim Duschen behilflich sein."

Vor Miss Perfect nackt ausziehen? Auf gar keinen Fall. „Danke, a-a-aber mir geht es gut." Sie zwang die Worte an ihren klappernden Zähnen vorbei. „Ich brauche keine Hilfe."

„Wie du meinst!" Die Frau schnaubte verärgert und verschwand.

Ich war unhöflich. Ich hätte nicht unhöflich sein sollen. Wenn nur endlich ihr Gehirn wieder in Gang käme, dann könnte sie sich besser benehmen. Sie würde sich entschuldigen müssen. Später. Wenn sie je wieder trocken und warm werden würde. Sie brauchte trockene Klamotten. Aber ihre

Hände waren taub, zitterten unkontrolliert, und immer wieder glitten die Knöpfe aus ihren steifen Fingern. Sie konnte nicht einmal ihre Hose ausziehen und sie schlotterte so sehr, dass ihre Knochen schmerzten.

„Verdammt", murmelte sie und versuchte es erneut. Die Tür öffnete sich. „Jessica, geht es Ihnen gut? Vanessa sagte –" Der Boss. „Nein, ganz offensichtlich sind Sie nicht okay." Er trat ein, eine dunkle Figur, die durch ihren verschwommenen Blick wankte.

„Gehen Sie weg."

„Damit ich Sie dann in einer Stunde tot auf dem Boden liegend finde? Ganz sicher nicht." Ohne ihre Antwort abzuwarten, schälte er sie aus ihrer Kleidung, wie man es bei einer Zweijährigen tun würde, und zog ihr sogar ihren nassen BH und ihr Höschen aus. Seine Hände waren heiß, brannten fast auf ihrer kalten Haut.

Sie war nackt. Als der Gedanke durch ihr taubes Gehirn sickerte, riss sie sich los und griff nach ihrer Kleidung. Seine Hand fing sie ab.

„Nein, Kätzchen." Er pflückte etwas aus ihrem Haar, öffnete seine Hand und zeigte ihr schlammiges Laub. „Du musst dich aufwärmen und waschen. Ab in die Dusche."

Er schlang einen festen Arm um ihre Taille und schob sie in eine der verglasten Kabinen, vor denen sie gestanden hatte. Mit der freien Hand drehte er das Wasser auf und himmlisch warmer Dampf stieg auf. Er regelte die Temperatur.

„Rein da", befahl er. Eine Hand auf ihrem Hintern schob sie unter die Dusche.

Das Wasser fühlte sich brühend heiß an auf ihrer kalten Haut und sie keuchte, dann zitterte sie am ganzen Körper, bis ihre Knochen zu schmerzen begannen. Endlich begann die Hitze in sie einzudringen und die Erleichterung war so intensiv, dass sie fast weinen musste.

Einige Zeit nach dem letzten Fröstelanfall realisierte sie, dass die Tür zur Kabine offen stand. Mit verschränkten Armen stand der Mann an den Türrahmen gelehnt und beobachtete sie mit einem leichten Lächeln auf seinem schmalen Gesicht.

„Es geht mir gut", murmelte sie und drehte ihm den Rücken zu. „Ich kann das alleine."

„Nein, das kannst du offensichtlich nicht", sagte er tonlos. „Wasch dir den Schlamm aus deinen Haaren. Im linken Spender ist Shampoo."

Schlamm in ihren Haaren. Das hatte sie total vergessen, vielleicht brauchte sie *wirklich* jemanden, der sich um sie kümmerte. Sie benutzte das nach Vanille duftende Shampoo und ließ anschließend das Wasser durch ihr Haar laufen. Braunes Nass und Zweigreste wirbelten den Abfluss hinunter. Endlich wurde das Wasser klar.

„Sehr gut." Das Wasser stoppte. Er blockierte die Tür, krempelte die Ärmel hoch und offenbarte seine muskulösen Arme. Sie hatte das dumme Gefühl, dass er weiterhin darauf bestehen würde, ihr zu helfen, und jeglichen Protest ignorieren würde. Er hatte so leicht die Verantwortung für sie übernommen, als wäre sie einer der Welpen aus dem Tierheim, in dem sie ehrenamtlich arbeitete.

„Und jetzt raus mit dir." Als ihre Beine wackelten, fasste er sie am Oberarm und hielt sie mit beunruhigender Leichtigkeit aufrecht. Die kühlere Luft traf auf ihren Körper und sie begann erneut zu zittern.

Nachdem er ihr die Haare mit einem Handtuch frottiert hatte, umfasste er ihr Kinn und kippte ihr Gesicht ins Licht. Sie blickte hoch in sein gebräuntes Gesicht und versuchte, genug Energie aufzubringen, um ihr Gesicht wegzuziehen.

„Keine blauen Flecken. Ich denke, du hast Glück gehabt." Er nahm das Handtuch und trocknete ihre Arme und Hände, rubbelte heftig, bis er mit der rosa Hautfarbe zufrieden zu sein schien. Dann tat er das Gleiche mit ihrem Rücken und ihren Schultern. Als er ihre Brust erreichte, schob sie seine Hand weg. „Ich kann das alleine." Sie trat so schnell von ihm zurück, dass sich der Raum einen Augenblick um sie drehte.

„Jessica, halte ruhig." Er ignorierte ihre Proteste, wie er eine summende Fliege ignorieren würde, und fuhr sanft, aber gründlich fort, wobei er sogar jede Brust anhob und sie darunter abtrocknete.

Als er zu ihrem Hintern kam, wollte sie im Boden versinken. Falls es irgendeinen Teil an ihr gab, der bedeckt bleiben sollte, waren es ihre Hüften. Breit. Und schwabbelig. Er schien es nicht zu bemerken.

Dann kniete er nieder und befahl: „Spreiz' deine Beine."

Niemals. Sie errötete, bewegte sich nicht.

Er schaute auf, zog eine Augenbraue hoch. Und wartete. Ihre Entschlossenheit begann unter dem steten, autoritären Blick zu wanken.

Sie schob ein Bein zur Seite. Seine handtuchbedeckte Hand trocknete sie zwischen ihren Beinen, sandte eine Flut der Verlegenheit durch ihren Körper. Die Ungeheuerlichkeit dieser Position fegte durch sie hindurch: Sie stand nackt vor einem völlig Fremden, erlaubte ihm, sie zu berühren ... dort. Ihr stockte der Atem, als sich sogar ein beunruhigendes Vergnügen in ihr bemerkbar machte. Doch sie kannte ihn nicht. Ein Hauch von Angst ließ sie erstarren.

Er hob seinen Blick, seine Augen verengten sich. „Entspann dich, Kätzchen. Wir sind fast fertig." Er trocknete ihre Beine und rubbelte so lange weiter, bis sie die Wärme spürte. „So, das müsste reichen."

Ihren Versuch, nach der Kleidung zu greifen, ignorierte er und half ihr stattdessen in einen langen, hautengen Rock, der bis über die Knie reichte — zumindest bedeckte er ihre Hüften — und zog ihr dann ein goldfarbenes Stretch-Top über den Kopf. Seine kräftigen Finger strichen über ihre Brüste, als er den Sitz prüfte. Er musterte sie einen Moment lang, bevor er langsam lächelte. „Die Sachen passen dir gut, Jessica, viel besser als deine eigenen. Eine Schande, eine so herrliche Figur zu verbergen."

Herrlich? Sie wusste es besser, dennoch ließen die Worte sie innerlich strahlen. Sie warf einen prüfenden Blick an sich hinunter und runzelte die Stirn, als sie bemerkte, wie das tief ausgeschnittene, elastische Top ihre Brüste hervorhob. Sie konnte jede kleinste Erhebung ihrer Brustwarzen sehen. Gütiger Himmel. Entsetzt verschränkte sie die Arme vor der Brust.

Sein Lachen war tief und kräftig. „Komm, im Salon ist es wärmer."

Er legte einen Arm um sie und führte sie aus dem Badezimmer und durch den Eingangsbereich in einen riesigen Raum voller Menschen. Ihre Augen weiteten sich, als sie um sich blickte. Der Club musste die gesamte erste Etage des Hauses einnehmen. Eine runde Bar aus dunkel poliertem Holz bildete das Zentrum des Saales. Schmiedeeiserne Wandleuchten warfen flackerndes Licht über Tische und Stühle, Sofas und Beistelltische. Pflanzen schufen kleine abgetrennte Bereiche. In der rechten Ecke des Raumes gab es eine Tanzfläche, wo Musik mit pochendem Beat pulsierte. Weiter entfernt war die Wand teilweise hell beleuchtet, aber durch die Menge hindurch konnte sie den Grund dafür nicht sehen.

Ihre Schritte wurden langsamer, als sie realisierte, dass die Club-Mitglieder in extrem provokativer Kleidung steckten, von hautengem Leder und Latex über Korsetts bis hin zu – OMG – eine Frau war von der Taille aufwärts komplett nackt. Eine lange Kette baumelte von ... *Klammern* an ihren Nippeln.

Was in aller Welt? Jessica schreckte zurück und blickte hoch zu ihrem Gastgeber. „Ähm, entschuldigen Sie?" Wie war eigentlich sein Name?

Er blieb stehen. „Du darfst mich Sir nennen."

Wie bei der Marine oder so? „Ah... okay. Was für eine Art von Club *ist* das?" Über die Musik und das Stimmengewirr jammerte plötzlich eine Frauenstimme in einem unverkennbaren Orgasmus. In Jessicas Gesicht flammte Hitze auf.

Amüsiert blitzten die dunklen Augen des Mannes auf. „Es ist ein Privat-Club, und heute ist Bondage-Night. Ich dachte, du konntest das aus den Regeln herauslesen."

Gerade in diesem Moment spazierte ein Mann in schwarzem Leder vorbei, gefolgt von einer barfüßigen Frau mit gesenktem Kopf und gefesselten Handgelenken. Jessicas Mund öffnete sich, aber es kamen keine Worte heraus.

Mit erhobener Augenbraue wartete der Manager geduldig. Sie konnte seine Hand an ihrem Rücken fühlen, mit leichtem Druck, wie ein Brandmal.

Wo war sie nur hineingeraten? „Bondage?", presste sie schließlich hervor. „Wie Männer, die aus Frauen Sklavinnen machen?"

„Nicht immer. Manchmal dominiert auch eine Frau den Mann." Er nickte nach links, wo ein Mann, nur mit einem Lendenschurz bekleidet, neben einer Frau kniete. Die Frau trug eine hautenge Latex-Weste und Leggings, an ihrem Gürtel war eine Peitsche befestigt.

„Und Dominanz kann die gesamte Bandbreite bedienen, von Lebensstil 24/7 bis zur lustigen Abwechslung beim Sex. Viele Frauen fantasieren davon, dass der Mann im Schlafzimmer die Verantwortung übernimmt." Er strich mit einem Finger über ihre errötete Wange. „Hier darf die Fantasie Wirklichkeit werden."

Etwas tief in ihr drin schärfte sich bei seinen Worten, eine Faszination, vermischt mit Entsetzen. *Verantwortung übernehmen* – was bedeutete das genau? Dann überkam sie die Erinnerung, wie er ihren nackten Körper berührt hatte, wie er einfach ... die Verantwortung übernommen hatte, und sie konnte nicht mehr aufhören, ihn anzusehen.

Seine dunklen Augen waren auf ihr Gesicht gerichtet, als könnte er ihre Reaktionen so leicht lesen wie sie die Geschäftsbücher eines Kunden. Sie fühlte verräterische Röte an ihren Wangen hochsteigen.

„Komm", sagte er lächelnd, während seine Hand sie vorwärts schob. „Lass uns etwas Warmes in dich hineinbringen."

In sie hinein? Wie der Stoß eines Mannes – Sie schleuderte den Gedanken weg. Meine Güte, sie war erst seit fünf Minuten hier und ihre Gedanken waren schon in der Gosse gelandet. Eine kluge Person – und das war sie zweifellos – würde jetzt einen höflichen Rückzug antreten.

„Und dann kannst du dich entscheiden, ob du dich im Eingangsbereich verstecken oder hier bei den Erwachsenen bleiben möchtest."

Ihre Wirbelsäule versteifte, doch sogar jetzt bemerkte sie, wie leicht er mit ihr spielte und sie starrte ihn an.

Seine Lippen verzogen sich.

Als sie die kreisrunde Bar erreichten, ließ der Barkeeper

den Drink, den er gerade mixte, stehen und kam herüber.

Er hatte Ähnlichkeit mit einer großen Dogge mit seinem zotteligen Haar, einem Körper, der nur aus Muskeln und Knochen zu bestehen schien, und er war noch größer als ...

Sir. Sie warf einen finsteren Blick über ihre Schulter zum Manager. *Welche Art von Name war zum Teufel eigentlich Sir?*

KAPITEL ZWEI

E twas Heißes, Cullen, für Jessica. Irish Coffee mit viel Irish." Als Zachary auf den kleinen Eindringling hinunterblickte, musste er lächeln. Sie hatte einen schönen Körper mit üppigen Hüften, breit genug, um einen Mann in ihrer Weichheit zu wiegen, und volle Brüste, die darum bettelten, genossen zu werden. Ihre Haut war blass und ihre Augen hatten die Farbe von frischen Blättern im Frühling. Und jetzt gerade waren diese Augen so groß wie die Lieblingsteller seiner Großmutter. Wie sie die Regeln lesen und die Natur des Clubs nicht hatte verstehen können, ging nicht in seinen Schädel. Er hätte sie nicht hereinlassen sollen, ob mit oder ohne Unterschrift, aber ihre Hilflosigkeit hatte all seine Dom-Instinkte hervorgebracht, die sie beschützen und nähren wollten.

„Ein heißer Drink wäre wunderbar", sagte sie zum Barkeeper.

Zacharys Augen verengten sich, sie zitterte immer noch ein wenig, aber es war schon viel besser.

Das Frottieren hatte geholfen, ebenso wie ihre ansteigende Verlegenheit, als er sie behandelt hatte. Obwohl sie Mitte bis Ende zwanzig war, war sie offensichtlich nicht daran gewöhnt, so intim berührt zu werden. Ihr Erröten hatte in ihm den wachsenden Wunsch zurückgelassen, sie noch gründlicher zu berühren, ihren Körper zu erforschen und ihre Reaktionen zu entdecken.

Aber er hatte nicht feststellen können, ob sie seine Aufmerksamkeiten begrüßte oder nicht. Ob sie eine Sub war ... Er konnte sie noch nicht einschätzen. Wie auch immer, sobald sie erst einmal den anfänglichen Schock darüber, was sie hier im Club gesehen hatte, überwunden hatte, würde er erkennen können, ob sie der Anblick von Dominanz erregte.

Die Nacht war noch jung. Wenn er Verlangen in ihren Gedanken spürte, würde er es genießen, ihren weichen, nach Vanille duftenden Körper über sein Bett zu legen, sie zu zähmen und für sein Vergnügen zu öffnen.

„Master Z." Einer seiner neueren Kerkermeister blieb neben ihm stehen, sein knochiges Gesicht wirkte besorgt. „Könnten Sie einen Moment etwas schlichten?"

„Sicher." Zachary blickte zu Jessica. „Möchtest du zum Eingang begleitet werden oder bleibst du hier?"

Ihr Mund – schöne pinkfarbene Lippen, die um seinen Schwanz herum wirklich hübsch aussehen würden – spitzte sich, als sie ihren Blick durch den Raum schweifen ließ. Er spürte ihre Bedenken mit unsäglicher Neugierde wetteifern. Die Neugier gewann. „Ich bleibe."

„Tapferes Mädchen."

Der cremige Irish Coffee brannte ihre Speiseröhre hinunter und entfachte ein kleines Feuer in ihr. *Himmlisch.* Als der Barkeeper zurückkam, hatte Jessica bereits ausgetrunken und blickte traurig in ihre leere Tasse.

„Bereit für mehr?", fragte er.

Mist, ihre Geldbörse befand sich in ihrem versunkenen Wagen und würde dort so lange bleiben, bis ein Abschleppwagen ihr Auto herauszog. „Nein, danke. Das reicht."

Er stützte einen gewaltigen Arm auf die Bar und runzelte die Stirn. „Ganz offensichtlich möchten Sie noch etwas. Wo ist das Problem?"

Was war nur los mit diesen Typen? „Sind Sie und Ihr Boss Gedankenleser oder was?"

Sein dröhnendes Lachen übertönte die Musik. „Master Z ist der Gedankenleser. Ich bin nur aufmerksam."

Seine Aussage war ein wenig zu einfach, um tröstend zu wirken. Sicher hatte der Boss keine Gedanken gelesen – nein. „Ich hab meine Geldbörse im Auto gelassen, also kein Geld."

„Kein Grund zur Sorge. Sie sind Gast des Hauses heute Nacht." Eine Minute später stellte ihr der Barkeeper einen dampfenden Becher hin. „Bei den alkoholischen Getränken gibt es ein Limit von zwei Drinks, deshalb habe ich Ihnen einen Kaffee gemacht."

„Aber ich hatte erst einen Drink."

Er grinste sie an. „Besser nach dem Spielen Alkohol trinken, nicht vorher. Außerdem werden Sie den Alkohol nach einer Weile vielleicht noch brauchen."

Warum klang das jetzt so unheilvoll? Sie trank den Kaffee in kleinen Schlucken, anstatt ihn zu inhalieren, und dieses Mal kam das warme Gefühl vom heißen Kaffee und nicht vom Alkohol. Sie lehnte sich mit einem Ellbogen auf die Bar, als der letzte Hauch Kälte sie verließ. Wenn sie Sir wieder sah, musste sie ihm für die Drinks danken.

So, dann war er also der Eigentümer dieses Clubs, nicht der Manager. Kein Wunder, dass alle nach seiner Pfeife tanzten. Allerdings hatte sie nicht gewusst, dass er der Eigentümer war, und sie hatte ihm erlaubt, sie auszuziehen, und das passte so gar nicht zu ihr. Irgendwie hatte sie ihre Kontrolle in dem Moment abgegeben, als sie das Badezimmer betreten hatte. *Master Z*, so hatte ihn der Barkeeper genannt, das passte perfekt zu ihm. Sie versteifte sich. *Bondage*-Club ... bedeutete das, dass er Leute fesseln wollte?

Ihr wurde unbehaglich bei diesem Gedanken. Wie konnte sie ihm je wieder begegnen, ohne rot zu werden? Sie seufzte, als sie realisierte, dass sie ihn wahrscheinlich sowieso nicht wiedersehen würde. Außerdem spielte er nicht in ihrer Liga. Zu gut aussehend. Zu selbstsicher. Mit diesem Hauch von Silber in seinen Haaren und den Lachfältchen rund um die rauchgrauen Augen war er definitiv ein Mann; weit entfernt von all den jugendlichen Typen, die es überall zu geben schien. Und er hatte diese definierten, kräftigen Muskeln, die ... mhhh.

Doch was sie wirklich anzog, war diese vollkommene Kompetenz, als würde er alles, was er tat, besser tun als irgendjemand sonst. Sie seufzte, schüttelte den Kopf. Mann, Jessica. Ein Typ ist nett zu dir und schon gerätst du ins Schwärmen.

Nur hatte sie zum Leidwesen ihrer schmächtigen Mutter nicht den schlanken, kessen Körper, den Männer mochten, und Master Z wusste das, schließlich hatte er sie in ihrer ganzen nackten Herrlichkeit gesehen. In Anbetracht seines Aussehens könnte er jede Frau an diesem Ort haben. Zur Hölle, egal wo. Ja, sie würde ihm aus dem Weg gehen, damit sie sich nicht noch mehr zum Narren machte.

Sie drehte sich auf dem Barhocker herum und schaute sich um. Ein *Bondage*-Club. Das bescherte ihr ein Abenteuer, das sie sich nie hätte träumen lassen. In der kleinen Stadt, in der sie aufgewachsen war, gab es so etwas nicht. Und in Tampa hatte sie es nie gewagt, so etwas Exotisches auszuprobieren. Verdammt, ihre Vorstellung von abenteuerlich war die ehrenamtliche Tätigkeit im Tierheim.

Sie grinste. Wenn sie nun schon mal hier war, konnte sie genauso gut ihr Wissen auf diesem Gebiet erweitern. Tante Eunice wäre begeistert und ihre Mutter entsetzt.

Aber nichts erregte sie mehr, als etwas Neues zu lernen. Wo sollte sie beginnen?

Die tanzenden Leute schienen Spaß zu haben, obgleich sie selbst sich auf einer Tanzfläche nie wohlgefühlt hatte, zumindest nicht nüchtern. Schickte man sie zu einem geschäftlichen oder gesellschaftlichem Event, fühlte sie sich wie zu Hause. Bei allem, was jedoch Interaktion zwischen Mann und Frau betraf, wirkte sie wie ein Geschäftsmann, der eine Steuerprüfung über sich ergehen lassen musste.

Als sie die Menge beobachtete, weiteten sich ihre Augen. Einige derer, die sich dort so aufreizend bewegten, würde man an jedem anderen Ort verhaften. Ein junger Mann mit einem ausgeprägten Ständer wirbelte eine Frau in seine Arme und presste sich so eng an sie, dass nur der Stoff zwischen ihnen ein Eindringen verhinderte.

Sie nahm noch einen Schluck aus ihrem Becher und stellte fest, dass die Tänzer ihr einfach zu provokativ waren. Genau wie jenes eine Paar. Der Mann bewegte seine Dame dorthin, wo er sie haben wollte. Er berührte sie, wann er wollte, legte sogar ihre Hände auf ihn ... dorthin.

Mit Mühe zog Jessica ihren Blick weg, versuchte die anderen Paare auf der Tanzfläche zu beobachten. Und bemerkte einen großen Mann in einer hautengen Latexhose, unter der sich eine dicke Erektion wölbte. Er zog seine bikinibekleidete Frau zu sich, vergrub die Hände in ihren Haaren und neigte ihren Kopf zurück, um sich ihren Lippen zu widmen. Er küsste sie langsam. Gründlich.

Jessica blinzelte, merkte, dass sie ihre Schenkel zusammenpresste. *Whoa, Zeit aufzuhören, diese Live-Action zu beobachten.* Bis jetzt hatte sie gedacht, sie könnte sich als angemessen erfahren bezeichnen. Sicher, sie kam aus einer Kleinstadt, aber sie lebte lange genug in Tampa, um schon einige Liebhaber gehabt zu haben. Nicht, dass sie allzu gut in Sexdingen war. Aus ihrer Sicht wurde Liebe machen ziemlich überbewertet.

Sie schnitt eine Grimasse, als sie sich an ihr letztes Mal erinnerte und daran, wie sie nicht hatte aufhören können, an alles und jedes zu denken. Hielt er sie für zu dick? Würde er bemerken, wie sich ihr Bauch vorwölbte? Sollte sie ihre Hüften schneller bewegen? Mochte er es, wenn man seine Eier berührte oder nicht? Sex war schlicht zu stressig. Nachdem sie ihren Kaffee ausgetrunken hatte, wagte sie erneut einen Blick zur Tanzfläche. Himmel, die Frau dort sah aus, als würde sie mehr von einem Kuss bekommen, als Jessica je von dem ganzen *Schwanz-einführen-herumbewegen-*Kram bekommen hatte. Und jetzt hatte der Mann die Hand auf der nackten Brust der Frau, spielte genau genommen gerade mit ihrem Nippel. Als er seine Finger zusammendrückte, was wirklich aussah, als wäre es schmerzhaft für die Frau, ging diese in die Knie.

Verdammt, nur vom Zusehen wurde Jessica heiß. Ihre eigenen Brustwarzen brannten. Verstohlen blickte sie nach unten. Kein BH. Ihre Nippel stachen hervor, als hätte jemand die kleinen Radierer von Bleistiften geklaut und auf ihre Brüste geklebt. Sie drehte sich wieder zur Bar, kreuzte ihre Arme über ihrem verräterischen Fleisch und versuchte sie mit bloßer Willenskraft dazu zu bringen, sich zurückzuziehen.

Der Barkeeper beobachtete sie mit amüsiertem Blick. Er deutete mit seinen kräftigen Augenbrauen auf ihren Becher.

Sie schüttelte den Kopf. Sie wollte keinen Alkohol mehr, und warm genug war ihr definitiv auch. Zeit für einen Spaziergang und eine Abkühlung.

Sie glitt vom Barhocker und ging von der Tanzfläche weg in Richtung der anderen Seite des Raumes. Menschen drängten sich an Tischen und auf Couchen; das Stimmengewirr nahm zu, je weiter sie sich von der Musik entfernte. Hier sah es fast so aus wie in einer normalen Bar, wenn sie die Kleidung der Leute ignorierte ... und das Drumherum. Sie ging an einem Tisch vorbei, wo eine Frau zu Füßen ihres Typen kniete. Er streichelt ihr übers Haar wie einer Hauskatze.

Jessica schauderte. Der Besitzer hatte sie *Kätzchen* genannt. Sie wollte nicht – *wirklich* nicht – darüber nachdenken, was er damit gemeint hat. Vor allem, weil ihr beim Gedanken an *ihn* das Paar auf der Tanzfläche in den Sinn kam. Wie es wäre, wenn Sir sie so berührte, sie so fest an sich presste, an seinen ... *Oh, Mädchen, denk nicht an so etwas.*

Auf halbem Weg näherte sie sich einer der Stellen, an denen die Wand von helleren Leuchten bestrahlt wurde. Jetzt konnte sie erkennen, was der Grund dafür war. Entsetzt blinzelte sie. Eine nackte Frau war dort an ein hölzernes X an der Wand geschnallt. *Eine lebende Frau, keine Statue.* Jessicas Füße wollten sich nicht bewegten, obwohl sie wusste, dass sie starrte.

Okay, okay. Es war wie in einer Strip-Bar, in der nackte Frauen eben Sachen machten. Aber diese Frau war dorthin gefesselt, ihre Beine waren gespreizt, die Brüste entblößt. Jeder konnte sie sehen.

Instinktiv wollte sie der Frau zu Hilfe eilen, doch dann stoppte sie und musterte die Zuschauer. Niemand schien besorgt zu sein. Ein Mann in einer glänzenden schwarzen Latexhose und ärmellosem Shirt stand im abgesperrten Bereich und war mit einigen kleinen metallenen Dingen in seinen Händen beschäftigt.

Jessica konzentrierte sich auf die Frau an dem Kreuz-Teil. Diese hatte ihre Augen auf den Mann in Latex gerichtet und schien keine Schmerzen zu haben, ihre aufreizenden Bewegungen wirkten provokant.

Hatte diese Frau nackt und gefesselt sein *wollen*? Sie biss sich auf die Lippen, versuchte sich vorzustellen, welche Art von Person bereit wäre, jemand anderem so viel Macht zu geben, so viel, dass sie sich sogar fesseln ließ. Bestimmt niemand wie sie, so viel war sicher. Sie hatte sich die Karriereleiter hochgekämpft, konnte sich in gesellschaftlichen Kreisen behaupten, war eine selbstbewusste, unabhängige Frau.

Warum also fand sie das hier so faszinierend?

Warum fühlte sich dieser Ort an wie die Erfüllung ihrer Träume, nur erotischer, als sie es sich je vorgestellt hatte? Sie errötete, als sie daran zurückdachte, was Sir gesagt hatte: *Viele Frauen fantasieren davon, dass der Mann im Schlafzimmer die Verantwortung übernimmt.* Er hatte doch sicherlich nicht wissen können, dass sie eine von ihnen war, oder?

Sie blickte erneut zu der Frau. Wie wäre das wohl? Hitze durchströmte sie beim Gedanken, selbst dort zu sein, mit festgezurrten Handgelenken ... *Nein, das war total falsch. Geh weiter.* Sie drängte sich durch die Zuschauer, passierte den abgesperrten Bereich. Die meisten Mitglieder waren in Paaren oder Gruppen, und Jessica fühlte sich auffallend allein.

Und underdressed, obwohl sie mehr am Leib trug als viele der Frauen. Ihre Brüste drängten sich an das enge Shirt und wippten bei jeder Bewegung. Das waren, um Himmels willen, nicht die Sechziger und sie lief nie ohne BH rum. Nicht in der Öffentlichkeit. Seriöse Buchhalterinnen trugen nicht solche Kleidung. Oder gingen gar ohne Höschen. Das seidige Gefühl des Rockes an ihrem Hintern, die kühle Luft, die ihre intimste Stelle streichelte, war beunruhigend, vor allem in diesem sexuell aufgeladenen Raum.

Menschen wetzten vorbei, hinterließen Düfte von Parfum, Rasierwasser und Moschus. Ein Paar ging vorbei, der Mann führte die Frau mit einer Leine an einem Halsband, der Geruch von Sex durchdrang die Luft um sie herum.

Sieh dir das an. Die Art, wie der Mann die Leine um seine Faust gewickelt hielt, die Art, wie die Frau ihm folgte ... Jessica berührte ihren Hals. Ihr Innerstes brannte, als sie schockierend lüsterne Gedanken erfüllten: Ein Mann —

Sir – legte ihr ein Halsband an, berührte sie. Ein Mann – *Sir* –, der mit ihr tut, was er will.

An der Bar am anderen Ende des Raumes lächelte Zachary und genoss den Anblick der Unschuldigen mit den weit aufgerissenen Augen. Als sie ihren Hals berührte, wurde er hart, weil er genau wusste, woran sie dachte. Ihre Emotionen waren so stark, dass er sie fast sehen und fühlen konnte.

„Hast du deine kleine Sub verloren, Z?" Der Barkeeper stellte ein Glas Glenlivet ab.

„Nicht verloren. Freigelassen auf Erkundungstour."

Sie erinnerte ihn an ein Kätzchen, das aus dem Zwinger befreit worden war, und nun mit aufgestellten Ohren und hochgehaltenem Schwanz zu neuen Abenteuern aufbrach. Sie war definitiv ein tapferes kleines Fellknäuel. Er hatte sie beobachtet, wie sie vor dem Andreaskreuz stehen geblieben war, hatte ihr Entsetzen gefühlt.

Im Gegensatz zu den meisten Menschen strahlte sie starke, reine Gefühle aus. Neugierde. Mut, Neues zu entdecken. Entsetzen. Sorge und Mitgefühl für jemanden, von dem sie dachte, dass er verletzt werden könnte. Die Fähigkeit zu denken, bevor sie handelte.

Und jetzt ... *Erregung*. Andere Emotionen mögen vielleicht befriedigender sein, aber wenige waren so verlockend wie erwachendes Begehren.

„Sie ist süß", kommentierte Cullen. „Offensichtlich nicht daran gewöhnt, öffentliche Vorführungen zu sehen.

Sie schaute den Tänzern zu, speziell Daniel und einer Sub, und sie wurde rot dabei."

Zachary nippte an seinem Drink. „Dann sollte es interessant werden, wenn sie den hinteren Bereich des Raumes erreicht."

Cullen lachte. „Du hast einen verdrehten Kopf. Hast du für heute Nacht etwas für sie geplant?"

„Vielleicht. Sie ist fasziniert von den Dom/Sub- Paaren." Würde das Kätzchen zurück in die Sicherheit huschen?

„Ich wünschte, ich könnte durch die Gedanken einer Frau schlendern, so wie du."

„Den Subs, die du hattest, nach zu urteilen, kommst du ganz gut ohne dieses Talent aus." Lächelnd drehte sich Zachary wieder um, um sich im Raum umzusehen, doch das kleine Unschuldslamm war verschwunden.

Das war, als wäre sie Alice in einem sehr verdrehten Wunderland, entschied Jessica, eines, in dem alle Figuren nur Sex im Kopf hatten. Sie war bereits von einer Frau angemacht worden, von einem dicken Mann, von einem Paar auf der Suche nach einem Dreier. Dann hatte sie ein Gespräch mit einem wirklich süßen Kerl, der sich plötzlich zu ihren Füßen hinkniete und wollte –

„Du willst, dass ich dich auspeitsche?", wiederholte sie ungläubig. Sicherlich gab es Gesetze, was das Auspeitschen von Menschen betraf.

Er hatte große braune Augen, volle Lippen. Die Kette und das Ledergeschirr offenbarten gut geformte Muskeln. Er nickte heftig. „Bitte, Herrin."

Jessica verdrehte die Augen. „Sorry, aber ich stehe nicht darauf, Männer herumzukommandieren." Nun, außer sie brachten ihre Konten durcheinander oder vergaßen, Reisekostenbelege aufzuheben. Aber einen Kerl im Bett rumkommandieren? Das bereitete ihr schon eine Gänsehaut, selbst wenn noch keine Peitsche im Spiel war. *Bäh.*

Er schaute so enttäuscht, dass sie ihm den Kopf tätschelte, bevor sie sich abwandte. Er legte den Kopf in den Nacken und rieb seine Wange an ihrer Hand wie eine übergroße Katze.

Dieser Ort war *so* seltsam.

Sie drehte sich um und setzte ihre Tour mit nur einem Hauch von Beklemmung fort. Schließlich konnte es kaum schlimmer kommen, als wenn Frauen an Wänden hingen, oder?

Weiter hinten war wieder ein kleiner Bereich abgeriegelt und Jessica blieb mit einem kurzen Atemzug des Erstaunens stehen. Verdammt, der Typ hatte es ernst gemeint mit dem Auspeitschen. Mit dem Gesicht zur Wand hing dort eine Frau mit gefesselten Handgelenken. Ein kleiner, muskulöser Mann, nur mit einer nietenbesetzten Lederhose bekleidet, stand hinter ihr und schlug mit einem dünnen Stock in seine offene Handfläche. Testete ihn. Mit einem rauschenden Geräusch klatschte der Holzstock an den Hintern der Rothaarigen. Der Ton ließ Jessica erschaudern, noch vor dem hohen Kreischen der Frau.

Jessica machte einen Schritt nach vorne, ihr war mulmig zumute. Das war nicht richtig, sollte nicht erlaubt sein. Ein weiterer Schritt, vorbei an den Beobachtern, und sie hatte die Abtrennung erreicht. Sie biss sich auf die Lippen. *Bleib stehen und denk nach*, befahl sie sich.

Der Mann hatte innegehalten und ... die Frau lachte, ihre Stimme war sinnlich, sie war anscheinend mehr aufgeregt als verletzt, obwohl ein roter Streifen ihren Po zierte. Die Rothaarige blickte über ihre Schulter und wackelte mit ihrem Hintern auf eine einladend unanständige Art und Weise dem Stockschwinger zu.

Okay. Diese Frau wollte offensichtlich geschlagen werden. Verletzt. Dies war so befremdlich, definitiv kein Fantasiethema. Jessica betrachtete den Stock.

„Autsch", sagte sie leise.

Ein Mann, der in der Nähe stand, lächelte. Sein kräftiger Körper in glänzender schwarzer PVC-Kleidung ließ ihn wie einen Panzer aussehen.

„Klingt für mich, als würdest du teilnehmen wollen", sagte er und schloss seine Hand um ihren Arm. „Weiter hinten gibt es ein freies Andreaskreuz."

Sie keuchte. „Nein. Nein, ich möchte nicht –"

Er zerrte sie von der Menge weg, und sie versuchte, seine Finger von ihrem Arm zu lösen. Verdammt, musste sie schreien oder so etwas? Würde irgendjemand an diesem bizarren Ort davon überhaupt Notiz nehmen? Überall waren Schreie zu hören. Lieber Gott, hier konnte alles erdenklich Schlimme passieren, ohne dass jemand es bemerkte. Ihre Hände wurden feucht vor Angst. Dann wurde sie wütend. Das würde nicht passieren.

Sie holte aus und trat ihm ins Knie.

„Scheiße!" Er brachte sie aus dem Gleichgewicht und sie landete auf den Knien vor ihm. „Schlampe, dir werde ich's zeigen, dich mir zu widersetzen", knurrte er. Er packte ihr Haar, und seine Finger zogen sich zusammen, bis ihr Tränen in die Augen stiegen.

KAPITEL DREI

„L assen Sie mich—"

„Lass sie in Ruhe." Hinter ihrem Angreifer ragte eine Gestalt auf. Der Eigentümer. Sir höchstpersönlich. Jessicas Fäuste entspannten sich vor Erleichterung. „Einvernehmlich ist hier das entscheidende Wort, und sie ist nicht einverstanden", sagte Sir in dieser tiefen, sanften Stimme.

Der Idiot wirbelte herum und hielt immer noch ihr Haar in den Händen. „Ist sie doch. Du hättest sie sehen sollen, wie sie das Schlagen beobachtet hat. Sie will es."

„Eigentlich tut sie das nicht. Sie ist nicht daran interessiert, ausgepeitscht zu werden, und sie ist nicht an dir interessiert." Sirs Hand schloss sich um die Finger in ihrem Haar und eine Sekunde später war sie frei.

Ihre Beine zitterten so heftig, dass sie nicht aufstehen konnte. Sie legte die Arme um sich und kauerte sich an ihrem Platz zusammen. Ein anderer Mann, mit einem gelben Abzeichen an seiner Lederweste, erschien. „Gibt's Probleme?"

Der Narr zeigte auf Sir. „Er hat meine Szene unterbrochen."

„Hast du gerade Master Z beschuldigt, eine Szene unterbrochen zu haben?" Der Rausschmeißer klang schockiert. „Master Z?"

„Sie war nicht einvestanden." Sir hielt Jessica die Hand entgegen und sie ergriff sie. Seine Hand war kräftig, muskulös, und er zog sie so mühelos auf die Füße, dass es beängstigend war. „Alles okay, Kleine?"

Sie holte Luft und nickte. Wenn sie zu reden versucht hätte, hätte ihre Stimme weinerlich geklungen, also hielt sie einfach den Mund.

„Komm her." Master Z legte einen Arm um sie und zog sie an seine Seite. Er war so groß, dass sie sich neben ihm winzig vorkam. Winzig, zart. *Weiblich.*

Der Arsch wollte nach Jessica greifen, aber Master Z fing seinen Arm ab und schon hatte ihn der Rausschmeißer am Kragen.

„Er wird für einen Monat ausgeschlossen und wenn er danach zurückkommen möchte, lässt du ihn das ganze Training erneut absolvieren", ordnete Master Z an. „Anscheinend hat er nicht richtig aufgepasst."

„Er hat nicht mal mit ihr geredet – er hat –", protestierte der Idiot.

Der Rausschmeißer zerrte ihn weg und sagte mit verärgerter Stimme: „Master Z gehört nicht nur dieser

Ort hier, Arschloch, er weiß auch immer, was Subs wollen. Immer."

Jessica schauderte. Der Mann hatte sie eine Sub genannt, das war der Begriff für denjenigen, der herumkommandiert wurde. Warum dachte sie jetzt über die Ausdrucksweise nach? Sie zwang sich Luft zu holen, wieder zu atmen. Er hatte sie eine Sub genannt. Sie war keine Sub, ausgeschlossen. Gott, sie musste nach Hause.

Master Z kicherte. „Harter Tag, was?" Er nahm sie in seine Arme, hielt sie fest. Seine Hand presste ihren Kopf in die Kuhle an seiner Schulter. Tröstend. Sicher.

Sie lachte halbherzig unter Schaudern. „Er wollte mich auspeitschen. Und keiner hätte etwas gemerkt ..." Sie sprach wieder mit gleichmäßiger Stimme. „Danke."

„Es war mir ein Vergnügen." Er stand einfach nur da, hielt sie fest, ließ die Leute um sie herumfließen wie Wasser um einen Felsbrocken. Unbekümmert. Nichts schien diesen Mann aus der Ruhe zu bringen.

„Woher wussten Sie, dass ich das nicht möchte? Dass ich nicht nur ... etwas vorgespielt habe? Sie konnten nicht wirklich ... wissen –"

„Ich weiß es, Kätzchen." Seine Stimme dröhnte durch seine Brust, er streichelte ihr Haar. Er roch leicht nach Zitrone, vermischt mit dem einzigartigen Moschusduft eines Mannes, und sie wollte näher zu ihm kriechen.

Aber viel näher konnte sie ihm nicht mehr kommen, klebte sie doch praktisch schon an ihm wie eine Tapete. Ihr Busen war an seine Brust gepresst, ihre Hüften an seine. Er fühlte sich gut an an ihr. Zu gut, dabei wollte sie ihm doch eigentlich fernbleiben, oder nicht?

Seine andere Hand lag auf ihrem Rücken, in der Mulde über ihrem Gesäß. Und sie wurde nicht so steif, nur weil sie angefasst wurde. Aber er hatte seine Hände schon mal an ihr, fiel ihr ein, und sie wurde rot bei der Erinnerung daran, wie er sie zwischen den Beinen abgetrocknet hatte. Sie hatte noch nicht mal seinen Namen gekannt.

Sie kannte seinen Namen immer noch nicht. Sie stieß sich von ihm ab und schaute hoch.

Mit dem Licht im Rücken sahen seine Augen fast schwarz aus, als er sie musterte. Seine Lippen kräuselten sich und an seiner Wange erschien eine Falte. „Du brauchst einen Drink und die Gelegenheit, wieder zu Atem zu kommen." Er ließ sie los und nahm ihre Hand. „Komm."

Sollte sie? Sie überdachte ihre Möglichkeiten. Mit ihm zu gehen oder zu versuchen, auf wackeligen Beinen die Bar zu durchqueren und im Minutentakt geschlagen zu werden? Nun, leichte Entscheidung. Sie legte ihre Hand in seine.

Noch immer lächelnd führte er sie zur Bar. „Dieses Mal darfst du dir deinen Drink selbst aussuchen."

Sie zögerte. *Wasser oder Alkohol?* Wasser wäre vernünftig, aber ein Drink würde eher ihr Zittern beruhigen. Und irgendwie hatte die Angst allen Alkohol von zuvor aufgesaugt. „Eine Margarita. Danke."

„Cullen", sagte Master Z, seine Stimme übertönte all die anderen Gespräche, vielleicht weil sie so tief war. Der Barkeeper schaute herüber.

„Eine Margarita, bitte."

Der Barkeeper ignorierte die anderen wartenden Party-besucher, mixte ihren Drink und stellte ihn vor sie hin. Er lächelte ihre Begleitung an. „Unzweifelhaft ein hübsches Haustier, Master Z."

„Ich bin kein Haustier." Jessica schaute böse drein. „Was ist das überhaupt für ein abwertender Ausdruck?" Sie versuchte, auf den Barhocker zu rutschen, schaffte es aber nicht. Wackelige Beine, kurz – warum hatte sie nicht große Eltern haben können? Dann würde sie nicht so sehr nach Kloß mit Füßen aussehen.

Sir fasste sie um die Taille und setzte sie auf den Hocker, wobei er ihr mit seiner mühelosen Kraft und dem Gefühl seiner muskulösen Hände durch den dünnen Stoff, den sie trug, den Atem raubte.

„Nicht abwertend", widersprach er. Er stand nahe genug bei ihr, dass ihre Hüften sich berührten. „Es ist ein liebe-volles Wort für eine Sub."

„Aber ich bin keine Sub. Ich stehe nicht auf so etwas. Ich hasse es, was dieser Mann tun wollte. Sich auspeit-schen lassen ... allein der Gedanke daran macht mich krank."

Er schob eine Strähne ihres Haares hinter ihr Ohr, seine Finger hinterließen eine prickelnde Spur. „Es gibt selten jemanden, der es genießen würde, von einem Fremden angegriffen zu werden."

„Uh." Das Zittern ließ nach und ihr Gehirn begann wieder normal zu arbeiten. „Also ergibt sich eine unterwürfige Person nicht einfach, wenn irgendein Kerl sie herumkommandiert?"

Er grinste, ein Blitz weißer Zähne in einem sonnengebräunten Gesicht. „Kaum. Genau wie in jeder anderen Beziehung gibt es auch in einer Dom/Sub-Beziehung Anziehungskraft –", er fuhr mit einem Finger über ihre Wange und ihr Atem stockte beim intensiven Blick seiner Augen „– und Vertrauen."

Es kostete sie Kraft, ihren Blick von ihm zu lösen, aber sie schaffte es. Sie fühlte sich überhaupt nicht wohl mit der Art, wie ihre Sinne aufgewacht waren, als hätte er sie an Strom angeschlossen. Sie drehte sich um, stützte sich mit den Ellbogen auf die Bar und konzentrierte sich auf ihren Drink, versuchte zu ignorieren, wie ihr Körper fühlte, welche Wirkung er auf sie hatte. Hmm, ihre Reaktion kam wahrscheinlich davon, dass er sie gerettet hatte. Darüber hatte sie etwas gelesen. Okay, gut.

Bleib cool, unterhalte dich weiter, Mädchen. „Welche Art von Vertrauen?" Sein Duft wehte erneut zu ihr herüber, anziehend männlich.

Er legte seine Hände um ihre nackten Oberarme und drehte sie zu sich. Mit einer Hand kippte er ihr Kinn nach oben, bis sein Blick sie gefangen nahm. „Das Vertrauen, dass dein Master weiß, was du brauchst, und dass er dir geben wird, was du brauchst, selbst wenn du dir nicht immer sicher bist."

Die Worte, die vollkommene Sicherheit in seiner kräftigen Stimme, sandten eine Hitzewelle durch ihren Körper, eine Welle so intensiven Verlangens, dass sie innerlich bebte.

Als ob er in ihren Kopf hineinsehen könnte, lächelte er und flüsterte: „Das Vertrauen, dass eine Frau sich fesseln und für den Gebrauch ihres Masters öffnen lässt."

Ihr Mund klappte auf und sie atmete schwer. Die Vorstellung, wie sie selbst mit ausgestreckten Gliedern auf dem Bett lag und er auf sie hinunterblickte, war erotischer als alles, was sie bisher gefühlt hatte.

Er legte eine Hand an ihre Wange und lehnte sich zu ihr, sein warmer Atem strich gegen ihr Ohr, als er murmelte: „Und deine Reaktion hierauf zeigt, dass du eine Unterwürfige bist."

Sie rückte von ihm weg, weg von der stärker werdenden Hitze in ihr und dem Bewusstsein seines Körpers so nahe an ihrem. „Auf keinen Fall. Wirklich nicht."

Zeit, das Thema zu wechseln. Sie räusperte sich und ihre Stimme klang heiser, als sie fragte: „Also, wie heißt du eigentlich? Nennt dich jeder Master Z?"

Er lächelte sie nur an und nahm den Drink, den der Barkeeper ihm hingestellt hatte. Seine große Hand verschlang das Glas. Als seine Lippen das Glas berührten, trafen sich ihre Blicke, und sie konnte fast fühlen, wie sich diese Lippen über ihren Mund, über ihre Brust schlossen ...

Meine Güte, Jessica, reiß dich zusammen.

Er stellte das Glas ab, und dann, als hätte er ihre Gedanken gehört, nahm er ihr Gesicht zwischen seine Hände und legte seinen Mund auf ihren. Ihr Herz wurde schneller, aber es war die Art, wie er sie festhielt, die das Verlangen durch ihre Adern sandte. Seine Lippen waren fest, erfahren, und forderten eine Antwort von ihr. Ein stechender Biss ließ sie ihren Mund öffnen und er tauchte hinein und seine Zunge streichelte ihre. Ihr ganzes Inneres schien zu schmelzen. Ein Feuer entfachte zwischen ihren Beinen und sie klammerte sich mit den Händen an seine muskulösen Oberarme, um sich aufrecht zu halten. Mit einem leisen Lachen nahm er ihre Handgelenke und legte ihre Arme um seinen Nacken. Er spreizte ihre Beine und schob sich dazwischen. Mit seiner Hand an ihrem Hintern zog er sie näher zu sich, bis ihr Hügel gegen seine dicke Erektion rieb, wobei der dünne Stoff keine Barriere bot. Als sie vor Lust keuchte, vertiefte er seinen Kuss, sein Griff war unerbittlich.

Als er sich schließlich zurückzog, zitterte sie am ganzen Körper; ihre Hände gruben sich so fest in seine breiten Schultern, dass ihre Finger schmerzten. Der Raum schien mit ihrer unteren Hälfte im Takt zu pulsieren.

Um seine Augen kräuselten sich Fältchen, als sie ihn nur anblickte, unfähig zu sprechen. Die Hand an ihrer Wange, saugte er an ihrer Unterlippe, zog sie in seinen Mund und ließ seine Zunge darübergleiten. Und als er sie losließ, sagte ihr sein verschmitztes Lächeln, dass er daran dachte, seinen Mund woanders hinzulegen. Ihre Nippel zogen sich zu harten Knospen zusammen.

„Master Z?" Vorsichtig näherte sich ein Aufseher, ein

anderer als der von zuvor. „Könntest du kurz mitkommen und was klären? Nur eine Sekunde?"

Sirs Blick hielt Jessica fest, seine Fingerknöchel rieben über ihre schmerzenden Brüste. Sie schaffte es, nicht zu stöhnen, doch sie hätte es genauso gut tun können, angesichts des Anflugs von Lachen in seinen Augen.

„Ich muss mich um etwas kümmern", murmelte er. „Kommst du zurecht?"

Sie atmete durch. „Ja, sicher."

Es war gut – sehr gut, dass er sie alleine lassen musste, eine weitere Minute und sie wäre bereit gewesen, alles zu tun, was er von ihr verlangte, und an diesem Ort hätte dies schlimm ausgehen können. Sie stieß einen zitternden Atemzug aus.

Seine Lippen verzogen sich. „Betrachte dich noch nicht als sicher, Schätzchen. Ich werde bald zurück sein."

Master Z – nein, sie würde ihn nicht laut *Master* nennen, ganz egal, wie gut er küsste – blickte zum Aufseher. „Zeig es mir."

Zachary folgte Matthew, einem der Kerkermeister. Kein schlechtes Timing, wirklich. Sie brauchte Zeit, das aufzunehmen, was er gesagt hatte, Zeit, sich durch den Gedanken, genommen zu werden, in Wallung zu bringen. Sie fühlte sich definitiv angezogen, nicht nur von der Idee, dominiert zu werden, sondern auch von ihm persönlich. Als er davon gesprochen hatte, sie zu seinem Vergnügen zu benutzen, hatte er nicht nur das Aufflackern von Aufregung in ihrem Kopf gespürt, sondern auch den tiefen Atemzug gehört und den ansteigenden Pulsschlag an ihrem Hals gesehen. Und ihre Reaktion auf einen einfachen Kuss war so erhitzt gewesen, dass er sich beherrschen musste, damit er sie nicht auf die Theke legte und an Ort und Stelle zu einem schreienden Orgasmus brachte.

Er konnte sich nicht erinnern, wann er das letzte Mal so von einer Frau angezogen worden war. Als er sie nur dabei beobachtet hatte, wie sie mit festem Schritt durch den Raum wanderte, ihr Kinn hochhielt, hatte er den Drang verspürt, sie zu nehmen, sie zu besitzen.

Eine durchsetzungsstarke Frau. Er war nicht überrascht, dass Sub Joey angenommen hatte, sie wäre eine Dom. Aus der Distanz hätte er das Gleiche vermutet. Aber aus der Nähe, als er sie berührte, gab sie völlig nach, auch wenn ihre Reaktion sie verwirrte.

Ihm gefiel alles an ihr, von ihrem üppigen kleinen Körper zu ihrem logischen Verstand ... und die Leidenschaft, die sie immer wieder aus ihrer strengen Kontrolle befreite.

Und sie brachte seine eigene Kontrolle bis an die Grenze. Nun, lass sie noch eine Weile herumwandern. Eine Weile nachdenken. Alle Entscheidungen mussten von ihr selbst getroffen werden, bis zu dem Punkt, an dem sie ihm die Kontrolle übergab.

Matthew hielt an einer der weiter entfernten Stationen an. Eine Sub war dort an eine Bank gefesselt. Ihr Dom hatte seinen Schwanz in ihren Mund geschoben und sie wimmerte und protestierte.

„Einer der Beobachter war in Sorge", sagte der Aufseher. „Aber die Sub hat kein Safeword oder eine Geste benutzt."

Zachary neigte seinen Kopf, blickte auf die schluchzende Frau und ließ ihre Gefühle in ihn eindringen. Er grinste. „Es ist Teil der Szene und ihre Lieblingsbeschäftigung. Keine Sorge."

Matthew klatschte Zachary mit einem Lachen auf den Arm. „Alles klar. Verdammt, das Leben ist echt einfacher, wenn du hier bist, Boss. Tut mir leid, wenn ich dich unterbrochen habe mit dem kleinen Neuzugang."

Jessica biss sich auf die Lippen und schaute Sir hinterher. Ihn zu küssen hatte sie mehr angeturnt, als mit jemand anderem Sex zu haben. Wie hatte er das gemacht? Wie konnte er sie so beeinflussen? Er hatte etwas an sich … nicht nur seine Worte … sogar seine Art zu gehen war kraftvoll. Beherrscht. Damals im College war sie bei einer Karate-Vorführung gewesen und einige der Männer mit Schwarzem Gürtel hatten diese Aura besessen, eine beunruhigende Mischung aus Gefahr und Disziplin. Sie war nicht die Einzige, auf die er diese Wirkung hatte. Clubmitglieder machten ihm den Weg frei, Frauen drehten sich nach ihm um, wenn er vorbeiging.

So wie sie selbst.

Und er hatte sie *Kleine* genannt. Sie runzelte die Stirn. Hätte ein anderer Mann sie so betitelt, hätte sie ihn zur Schnecke gemacht, warum also schmolz sie dahin, wenn Sir sie so nannte? Oh-oh, sie steckte hier in großen Schwierigkeiten.

Nachdem er in der Menge verschwunden war, drehte sie sich um, um von ihrer Margarita zu trinken. Sie versuchte, die verführerische Musik zu ignorieren, und lächelte den beiden Männern zu, die neben ihr Platz genommen hatten, wechselte ein paar einleitende Worte mit ihnen und befand sich schnell in einer hitzigen Diskussion über Steuergesetze.

Einer der Männer, Gabe, hatte eine ähnliche Ausstrahlung wie Sir. Sein Selbstvertrauen und der dominierende Ausdruck in seinen Augen gaben ihr das eigenartige Gefühl, darin zu versinken.

Der Blick des Barkeepers hatte ebenso diese Wirkung auf sie, bemerkte sie, als Cullen wieder in ihre Nähe kam. Er nickte Gabe zu. „Uh-uh, Zs!"

Gabe runzelte die Stirn. „Das ist aber jetzt schade. Also, Jessica, falls du einmal ungebunden sein solltest, würde ich es genießen, dich besser kennenzulernen."

„Ich —" Unfähig, eine passende Erwiderung zu finden, nickte Jessica nur höflich und beobachtete, wie Gabe wegging. Sie wandte sich zu Cullen. „Was soll dieser Mist mit Zs? Er ist nicht mein Besitzer, verdammt!"

Er grinste so kurz, dass sie es fast nicht gesehen hätte. „Nein, Liebling, ist er nicht. Aber ich wollte Gabe einige Mühe ersparen. Ich habe dich mit Master Z gesehen. Gabe hat keine Chance."

Jessica funkelte ihn an und wandte ihm den Rücken zu. Als wäre sie so leicht durchschaubar.

Das war sie doch nicht, oder?

Natürlich nicht. Sie streckte ihr Kinn hoch, strich Sir aus ihren Gedanken und begann lächelnd einige Unterhaltungen mit den Mitgliedern um sie herum. Teilweise seltsame Unterhaltungen. Ein Mann hatte lange Ketten an seinem Gürtel befestigt. Zwei Männer in Netzoberteilen und Latex-Shorts, offensichtlich schwul – oder eher bi? –, hatten sie für einen Dreier ausgesucht. Eine Frau in hautengem roten Latex und passenden Handschuhen bis zu den Ellbogen war die Besitzerin einer Buchhandlung und es machte Spaß, mit ihr zu reden, aber ihr erhitzter Blick war irritierend.

Als die Frau davonging, warf Jessica einen Blick durch den Raum. Ihre Nerven hatten sich beruhigt. Sie beschloss, weiter auf Erkundungstour zu gehen, denn in ihrer braven Welt gab es so etwas wie diesen Ort nicht. Wieso fand sie manches hier so ... erregend?

So unbehaglich sie sich auch bei diesem Eingeständnis fühlte, brauchte sie eine Antwort. Außerdem war sie niemand, der den Kopf in den Sand steckte.

Und dieses Mal war sie auf Idioten vorbereitet. Sie konnte auch den Namen von Master Z als Zauberwerkzeug einsetzen: *Leg dich nicht mit mir an, sonst wird Master Z dich verschwinden lassen.* Ja, das könnte funktionieren.

Grinsend rutschte sie vom Barhocker und machte sich auf den Weg. Schon auf den ersten Metern erhielt sie zwei weitere Angebote; ein Mann war einen zweiten Blick wert. Er hatte genau dieses Selbstvertrauen – diese Härte – wie Master Z und Cullen. Aber trotzdem, Sir ließ jeden anderen

Mann in diesem Raum schwach erscheinen, unfertig. Sie dachte an die Art, wie er sie angesehen hatte – alle Aufmerksamkeit auf sie gerichtet, nicht auf die Musik oder andere Leute, nicht auf Pläne für diesen Abend, ja nicht mal für den nächsten Satz. Im Fokus dieser Intensität zu stehen, war berauschend.

Und dann, natürlich, tauchte diese Frage auf, an die sie keinesfalls denken wollte: *Wie würde es sein, im Bett seine ganze Aufmerksamkeit zu haben?*

Sie blinzelte und konzentrierte sich wieder auf das Hier und Jetzt, nicht auf Fantasien von Sir, nackt, seine großen Hände um ihre Handgelenke gewickelt, und sein Mund ... *Argh. Stopp. Schau. Geh.* An einer der heller beleuchteten Stationen war eine Person an etwas gebunden, was dieses Andreaskreuz sein musste, das das Arschloch erwähnt hatte. Diesmal war die gefesselte Person ein Mann, der von seiner Herrin an schrecklichen Stellen ausgepeitscht wurde. Völlig entsetzt starrte Jessica einen Moment lang und presste automatisch ihre Beine aneinander. Nein, sie wollte das nicht sehen – niemals. Schnell hastete sie weiter und konnte nur denken: *Diese Leute sind verrückt.*

Sie kam an zwei Frauen vorbei, die sich auf einer Couch unterhielten. Die Frau im schwarzen Catsuit sagte zur anderen: „Dein Safeword ist Banane. Kannst du dich erinnern –?"

Was sollte das sein, ein Safeword?

Je weiter sie sich vom Eingang entfernte, desto mehr veränderte sich das Licht, wirkte bedrohlich. Ah, einige der flackernden Lampen an den Wänden hatten rote Glühbirnen.

Am Ende des Raumes führte eine offene doppelflügelige Tür in einen breiten Flur. Eine Menge Leute drängten sich darin und bei den Geräuschen drehte sich Jessica der Magen um: Schreie, Geräusche von Peitschen, Betteln. Zu intensiv. Sie ging den Flur nicht hinunter.

Nicht, dass sie all den unangenehmen Geräuschen hätte entkommen können. Als sie auf die andere Seite des Raumes zusteuerte, erhoben sich hohe Schreie über das Summen der Gespräche. In einem abgesperrten Bereich peitschte ein kräftiger Mann mit tätowierten Armen eine kleine Brünette, die an einem sägebockähnlichen Tisch festgebunden war. Die arme Frau kreischte: „Stopp! Bitte, hör auf, bitte." Er hörte nicht auf. Außerhalb der Seile standen Leute, aber keiner tat etwas. Verdammt noch mal.

Die Wut durchfuhr sie wie ein Lauffeuer. Ihre Schwester war in ihrer Ehe geschlagen worden, Jessica hatte etwas vermutet, aber nichts getan. Diesmal würde sie etwas tun.

Sie tauchte hinter dem Mann auf und riss ihm die Peitsche aus der Hand. „Du perverses Arschloch, lass sie in Ruhe, oder ich zeige dir, wie sich das anfühlt!"

Das Bulldoggen-Gesicht des Mannes färbte sich rot und er machte einen Schritt vorwärts, dann blieb er stehen und ballte die Fäuste an den Seiten. Er wandte sich an einen der Zuschauer und biss ihn an: „Hol einen Aufseher." Er drehte sich wieder zu Jessica und schnappte sich die Peitsche.

Jessica schlug ihm direkt ins Gesicht, schlug ihn nieder, und war selbst schockiert über sich. Außerhalb der Karate-Stunden im College hatte sie noch nie jemanden geschlagen. Aber, hey, der Schlag hatte gewirkt.

Der kurze Nervenkitzel verschwand, als er langsam wieder auf die Füße kam. *Gar nicht gut.* Ihr Mund wurde trocken. Sie machte einen Schritt zurück, ihr Herz hämmerte gegen ihre Rippen.

Seine Augen glitzerten vor Wut, seine Hand erhob sich, als er vortrat.

„Stopp." Master Zs unwiderstehliche Stimme. Der Mann blieb stehen, und Jessica atmete erleichtert auf. Alle drehten sich um, als Sir in den abgesperrten Bereich trat. Er sah sie an, dann den Mann. „Erklärung, Master Smith."

„Wir waren mitten in der Szene, da kam diese verrückte Frau aus der Menge gestürmt, schnappte sich meine Peitsche, und verdammt, dann hat sie mich auch noch geschlagen." Der Mann rieb über sein gerötetes Kinn und seine Lippen wölbten sich. „Es wäre fast lustig, wenn sie uns nicht unsere Szene ruiniert hätte."

Master Zs Blick richtete sich auf sie, und sie zuckte unter dem grimmigen Ausdruck in seinen Augen zusammen. „Jessica, erkläre das."

„Sie schrie und jammerte ‚Stopp, stopp', aber er hörte nicht auf, sie zu schlagen. Niemand hat etwas unternommen." Sie fühlte sich wie ein Kind, das zum Schuldirektor zitiert wurde, und streckte die Hand mit der Peitsche aus. „Ich hab sie ihm weggenommen."

„Was ist das Safeword deiner Sub?", fragte Sir den Rüpel.

„Lila."

„Hat sie es oder das Club-Safeword benutzt?"

„Nein. So weit war sie noch lange nicht. Wir sind seit drei Jahren zusammen und sie hat es erst zwei Mal benutzt. Ich passe auf, Z."

„Das weiß ich." Master Z drehte sich zu ihr, seine Augenbrauen zogen sich zusammen. „Hast du eigentlich *irgendeine* der Regeln gelesen, die du unterschrieben hast?"

Jessica errötete und schaute zu Boden. Oh Gott, sie hatte es vermasselt. Irgendwie. „Äh ... nein."

„Das tut mir leid. Nach unseren Regeln wird man bestraft, wenn man eine Szene unterbricht."

KAPITEL VIER

Ihr Mund fiel auf. „Bestraft? Aber –"
„Jede Szene ist im Voraus geplant, Jessica, und wird mit Spannung erwartet. Außerdem hat jede Sub ein sogenanntes Safeword, ein Wort, dass man benutzen kann, wenn es zu beängstigend wird oder die Schmerzen so groß werden, dass man sie nicht mehr aushält. Das Safeword ist nie, niemals *Stopp*."

Jessica leckte über ihre trockenen Lippen. „Willst du damit sagen, dass sie eigentlich gar nicht aufhören wollte? Sie – aber schau dir ihren Rücken an, sie ist überall rot."

Die Leute außerhalb des abgesperrten Bereiches lachten.

„Wenn ein Fremder eine Peitsche zur Hand nimmt und dich schlägt, ja, dann wäre es Missbrauch." Master Z nahm ihr die Peitsche aus der Hand. „Wenn aber jemand im Rahmen eines sexuellen Moments erregt wird, dann kann der Schmerz sein Vergnügen steigern. Diese beiden haben die Handlung genossen. Ihr Vergnügen – und die Szene, die sie geplant hatten – wurde von dir zerstört."

Manche Menschen mögen es, verletzt zu werden. Okay, das hatte sie bereits gesehen. Dieser Club hatte Regeln – Regeln waren gut – und sie hatte in dieser seltsamen Welt große Fehler gemacht. Zeit, sich zu entschuldigen, höflich aus dieser Lage zu befreien und sich zurückzuziehen.

Im Eingangsbereich zu sitzen klang immer verlockender, und sie war geradewegs auf dem Weg dorthin, Master Z hin oder her.

Mittlerweile befreit, gesellte sich die geschlagene Frau zu der Bulldogge. Der Körper der winzigen Frau zitterte, und der Mann legte einen Arm um sie, unpassend zärtlich, wenn man bedachte, wie er zuvor die Peitsche geschwungen hatte.

Jessica holte Luft und schaute zu ihr. „Es tut mir sehr leid. Ich dachte, Sie würden verletzt, und deshalb ... Bitte entschuldigen Sie."

Mit erhobenen Augenbrauen blickte Master Z fragend zu dem Mann.

„Nein, Z, es tut mir leid. Ich verstehe, sie ist eine deiner Kätzchen, und sie hat es nicht absichtlich getan, dennoch hat sie unsere Szene zerstört." Er küsste den Kopf der Frau. „Sie hat uns den Abend ruiniert. Wir haben Club-Regeln und ich möchte, dass sie durchgesetzt werden."

„Das ist dein gutes Recht, Master Smith, und normalerweise würde ich zustimmen, aber -" Jessica schloss die Augen. Wenn ihre Mandanten etwas unterschrieben, ohne es zu lesen, würde sie sie nicht nur herunterputzen, sondern ihnen auch sagen, dass sie die Konsequenzen verdient hätten. Nur eine Person ohne Charakter – ohne Ehre – würde sich der Verantwortung für die eigenen Handlungen entziehen. *Sei ein Mann, Jessica.* „Es ist meine Schuld. Ich nehme die Strafe an."

Master Zs Augen nahmen einen anerkennenden warmen Ausdruck an. „Tapfere Jessica." Er drückte ihre Schulter und sagte zu Master Smith: „Hier ist mein Urteil: ich werde dir erlauben, sie unter meiner Kontrolle zu disziplinieren. Da sie ein Neuling ist, wird allein die Verlegenheit einen Großteil der Strafe ausmachen. Die Schmerzintensität sollte nicht über ein Brennen hinausgehen."

Master Smith runzelte die Stirn, dann hellte sich sein Gesicht auf. „Ich denke, das reicht."

Sir ging auf eine Bardame zu und deutete zu der Bank, auf der das Auspeitschen stattgefunden hatte. „Mach das sauber, bitte."

Nachdem sie eine Sprayflasche und Papiertücher aus einem winzigen Wandregal geholt hatte, wischte sie schnell über die Bank.

Was meinte er mit *Schmerzen?* Jessicas Blick huschte von der Bank zu Master Z. Sie bekam ein wirklich schlechtes Gefühl bei der Sache. „Du wirst mich doch nicht auspeitschen, oder?"

Mit einem leichten Lächeln zog er sie näher heran, bis

ihr Rücken an seine Brust gepresst war. „Keine Peitsche", murmelte er in ihr Ohr.

Trotz ihrer wachsenden Furcht konnte sie die Härte seines Körpers an ihrem spüren, und ein Schauer der Erregung durchfuhr sie.

Als er Jessicas üppigen Körper fester an sich zog, konnte Zachary ihre Reaktion sowohl in ihrem Körper als auch in ihrem Geist spüren. Angst, ja. Aber auch Erregung. Natürlich waren die Shadowlands für Unterwürfige – sogar für einen Neuling – erotisches Traumland.

Und waren für diese süße Unterwürfige zu einem Alptraum geworden. Er hätte sie nie hier hereinlassen sollen. Die Schuldgefühle schnitten in seinen Bauch wie ein stumpfes Messer. Aber er konnte es leichter für sie machen, und vielleicht konnte er ihr demonstrieren, wie Erregung die Qualität des Schmerzes verändern konnte.

Er hielt sie an sich gepresst, berührte sie sanft an ihrem Nacken und atmete ihren warmen Vanille-Duft ein. Sie schauerte.

„Du bist noch nicht bereit für eine Peitsche", flüsterte er und seine Lippen streiften dabei ihr Ohr. „Ich bezweifle, ob du je diese Schmerzintensität genießen könntest." Er konnte fühlen, wie seine Berührung und seine Worte eine Glut der Aufregung entfachten, die mit ihrer Angst konkurrierte.

Er bewegte seine Hände nach oben und legte sie um ihre Brüste. Wenn sie sich nicht von ihm angezogen fühlte, nicht erregt würde, wäre dies ein fragwürdiges Verhalten, aber ihre Nippel wurden hart unter seiner Berührung. Die Menge, die sich hinter ihm ansammelte, ignorierend, konzentrierte er sich darauf, die Hitze in ihr ansteigen zu lassen. Ihre Brüste waren weich und schwer, und sie konnte unzweifelhaft die Wärme seiner Hände durch ihr dünnes Top spüren.

Sie spürte seine Hitze durch ihr Shirt, als seine Daumen über ihre Nippel rieben und lodernde Empfindungen durch ihren Körper schickten.

„Hör auf", zischte sie und wand sich in seinem unnachgiebigen Griff. Ihr Herz hämmerte vor Angst, doch war sie sich seiner Hände nur allzu bewusst, und wie er sie so mühelos an Ort und Stelle hielt: Es war Sir, der sie in seinen Armen hielt, Sir, der sie in Sicherheit wiegte, nur dass es hier keine Sicherheit gab.

Sie schaute über ihre Schulter. „W-Was wirst du tun?"

„Kätzchen, wenn du das zu beängstigend findest oder absolut nicht weitermachen kannst, sagst du einfach ‚Rot'." Er hielt sie so leicht wie einen Welpen, seine Arme um sie herum gleichzeitig tröstend und erschreckend.

Rot. Wie eine rote Ampel. Sie entspannte sich ein wenig.

„Master Smith, könntest du bitte die Vorderseite um ein paar Zentimeter senken?", sagte Sir. „Und bring die ganze Bank eine Stufe höher." Sogar als er sprach, neckte er ihre Brüste, rollte die Nippel und streichelte die Unterseiten.

Als er eine Hand nach unten bewegte und gegen ihren Hügel presste, überkam sie eine Welle der Lust. Sie kämpfte dagegen an, aber sie konnte sich seiner Zuwendung nicht entziehen, und nicht einmal ihre Angst konnte die Empfindungen, die in ihr erwachten, unterdrücken. Oder steigerte ihre Vorahnung diese?

Der Tisch wurde angepasst.

„Jessica, beug dich jetzt vor", sagte Master Z.

Unfähig, sich selbst zu helfen, spannte sie instinktiv ihren Körper an, um aufrecht stehen zu bleiben.

Er stieß ein leises Lachen aus, legte einen Arm quer über ihre Hüften und beugte sich mit der Brust über ihren Rücken, um sie so auf die Bank zu zwingen. „Shhh, Schätzchen. Alles okay." Er zog ihre Arme zur Seite, sodass sie mit der Brust auf der Bank zu liegen kam.

„I-Ich weiß nicht −" *Ich weiß nicht, ob ich das schaffe.* Ihre Hände formten sich zu Fäusten.

Sir richtete sich auf und der Verlust seines warmen Körpers bewirkte, dass sie sich im Stich gelassen fühlte. Er kam neben sie und arrangierte ihre Brüste so, dass sie zu beiden Seiten der schmalen Bank herunterhingen. Bei dieser Berührung strömte noch mehr Hitze durch ihr Inneres.

Eine Sekunde später realisierte sie, dass dadurch, dass die Bank auf der Kopfseite nach unten geneigt war, ihr Hintern hoch in die Luft ragte. Die Angst fuhr eiskalt mit kratzenden Fingernägeln über ihre Wirbelsäule. „Sir. Ich − Ich weiß nicht."

„Kätzchen" − seine Hand strich über ihre roten Wangen und die Berührung streichelte die Nervosität weg − „Das

wird schnell vorübergehen, und dann hast du es geschafft."
Nach einem leichten Streichen über ihr Haar ging er zur
Wand hinüber.

Sie drehte den Kopf, versuchte, ihn im Blick zu behalten. Der Atem stockte ihr, als sie bemerkte, dass die
flackernden Lichter an der Wand bisher verborgen hatten,
was dort hing. Stöcke und Peitschen und Paddle und
Gerten. Ein Wimmern entkam ihr.

Sie konnte die Leute lachen hören. Eine Menge Leute.
Sie beobachteten sie. Ein Schaudern durchfuhr sie.

Die Hände hinter dem Rücken, nahm sich Sir die Zeit,
die Geräte zu betrachten, und ihre Angst wuchs mit jeder
endlosen Sekunde, die verging. *Nein, nicht die Peitsche. Du
hast es versprochen. Bitte nicht diesen schrecklichen, langen Stock.*

Er nahm ein rundes Paddle von der Größe eines
menschlichen Kopfes. „Das sollte dem Bedarf angemessen
sein."

Ein Paddle. Sicherlich war das besser als die Peitsche.
Richtig?

Zart berührte er ihre Wange. „Jessica, da das hier neu ist
für dich, werde ich es dir leicht machen. Du hast während
der ganzen Zeit die Erlaubnis zu schreien, zu weinen, zu
fluchen und zu schimpfen, zu betteln ... sogar still zu sein.
Erinnere dich daran, dass du ‚Rot' sagen kannst und alles
wird aufhören."

Er gibt mir die Erlaubnis, etwas zu sagen? Als sie zu ihm
blickte, sah sie seine Augen amüsiert aufblitzen.

Er verschwand hinter ihr und sie konnte ihren Kopf

nicht so weit herumdrehen, dass sie ihn hätte sehen können. Die Club-Mitglieder verteilten sich um den abgesperrten Bereich herum. Zuschauer bei einer Live-Show. Wut kam in ihr hoch, auf sie, und vielleicht auch auf Master Z. Als jemand ihren Rock hochhob, fingen die Leute an zu lächeln.

Sie presste die Zähne aufeinander und verlegene Röte zog über ihr Gesicht. Sie hatte keine Unterwäsche an, ihr Hintern war nackt und in die Luft gestreckt, wo jeder ihn sehen konnte. *Ich schaffe das.* Sie zwang sich, nicht aufzuspringen. Nicht wegzurennen.

Sirs Stimme. „So ein reizender kleiner Arsch, findest du nicht auch, Master Smith?"

„Sehr reizend."

Zu ihrer Bestürzung begann Master Z nicht mit der Bestrafung. Stattdessen massierte er ihr Gesäß. Obwohl seine Hände sanft waren, spürte sie doch die Härte seiner Finger und Handflächen. Kein weicher Mann. Als seine Finger sich über ihre nackte Haut bewegten, wurde seine Berührung immer intimer. Langsam zeichnete er die Falten zwischen ihren Pobacken und den Oberschenkeln nach.

Ihr Bewusstsein füllte sich mit den einfallenden Empfindungen, dem verführerischen Angriff. Als seine Finger zwischen ihre Beine strichen und durch die Feuchtigkeit dort glitten, strömte das Verlangen durch ihren Körper wie heiße Luft durch ein geöffnetes Fenster. Dann ging er weg und ließ sie pochend zurück.

„Als gekränkte Parteien, bitte nehmen Sie je drei Schläge", sagte er, seine Stimme höflich wie die eines Kellners in einem schicken Restaurant.

Mein Gott, er hatte vor, *ihnen* zu erlauben, sie mit dem Paddle zu schlagen. Jessica schüttelte den Kopf und Demütigung und Angst untergruben ihre Entschlossenheit, mutig zu bleiben. Ihre Augen füllten sich mit Tränen und sie sah Master Z nur noch unscharf, als er vor ihr in die Hocke sank.

„Es wird weniger wehtun, wenn du dich entspannst."

„Bitte ..."

„Du schaffst das, Schätzchen. Halte dich an mir fest." Nachdem er ihre Fäuste geöffnet hatte, umschlangen seine warmen Finger ihre. Er nickte jemandem zu und *Wham!*

Stechender Schmerz fuhr in ihre rechte Pobacke und sie schnappte nach Luft.

Wham! Wham! Als der Schmerz ihre Haut verbrannte, zog sie an seinem fesselnden Griff. Oh-oh-oh, das Bedürfnis zu schreien wuchs. Sie biss die Zähne zusammen.

Und dann hörte es auf.

Sie versuchte, nicht zu weinen, und legte ihre Stirn auf das Leder.

„Augen auf mich, Jessica." Das tiefe Timbre seiner Stimme war so beruhigend wie sein Griff an ihren Händen.

Nach einer Sekunde legte sie ihr Kinn auf das gepolsterte Leder und sah ihn an.

Sein fester Blick lag einen langen Moment abschätzend

auf ihr, bevor er sagte: „Kannst du die letzten drei noch aushalten?"

Nein! Aber das Bedürfnis, ihm zu gefallen, war überwältigend, und so hob sie den Kopf gerade weit genug, um zu nicken.

"Tapfere Jessica."

Als seine Daumen kreisförmig über ihre Handrücken strichen, sickerten die eigenartigsten Gefühle durch sie hindurch. Noch immer konnte sie die Intimität seiner Berührung zwischen ihren Beinen spüren.

Er schaute über ihre Schulter zu jemandem. „Mach weiter."

Sie hatte kaum Zeit, sich anzuspannen.

Wham. Erst eine Pobacke. Ein weiterer Schlag auf die andere. Nicht zu hart, aber das Brennen wuchs schnell zu Schmerzen an. Ein letzter Klaps auf beide Backen trieb Tränen in ihre Augen.

„Alles erledigt, Kätzchen."

Erledigt. Ihr Gesäß stach, aber nicht fürchterlich, warum also hatte sie das Verlangen zu weinen? „Ich − Es tut mir leid." Sie hasste es, wie ihre Stimme schwankte. „Ich wollte keinen Ärger machen. Wirklich nicht."

Seine Augen wurden zu einem sanften Grau. „Ich weiß, Kleines." Er ließ ihre Hände los und erhob sich, ging aus ihrem Blickfeld auf das Ende des Tisches zu.

Sie legte ihre Wange auf das Leder und versuchte, nicht zu wimmern. *Nicht noch mehr, bitte, bitte, bitte.*

Etwas berührte ihren Hintern, und sie schrie auf, mehr vor Angst als vor Schmerz.

„Rosa und empfindlich, aber eine Salbe ist nicht notwendig." Sirs Hände streichelten ihren Hintern, schmerzhaft, aber fast auch aufregend. Das Gefühl des Verlangens kehrte zurück. „Bestrafung vorbei."

Ein paar Leute in der Menge stöhnten enttäuscht, hörten jedoch plötzlich auf, als wären ihre Klagen abgeschnitten worden.

Master Z packte sie um die Taille, half ihr auf die Füße und hielt sie fest, bis sie ihre Balance wiedergefunden hatte.

Es war nicht so schlimm gewesen, also warum zitterte ihr Inneres mehr als ihre Beine? Grob wischte sie über ihr Gesicht.

„Dieses Mal entschuldigst du dich auf Knien, Jessica", befahl Sir.

Nur seine Hand unter ihrem Arm hielt sie davon ab, umzufallen, als sie sich unbeholfen hinkniete. Sie blickte zu Master Smith und seiner Sklavin hoch. „Es tut mir so, so leid, Sie unterbrochen zu haben. Und dass ich die Regeln nicht gelesen habe." Ihre Stimme zitterte. *Was, wenn das nicht genug war? Was, wenn –*

Master Smith schnaubte vor Lachen. „Klingt für mich reumütig, Z. Entschuldigung akzeptiert."

„Bist du zufriedengestellt, Wendy?", fragte Master Z.

Die kleine Brünette nickte. „Ja, Sir." Ihre Augen trafen Jessicas mit einem Hauch von Sympathie.

Jessica ließ ihren Kopf erleichtert nach vorne fallen. Es

war vorbei. Eine weitere Träne lief über ihre Wange. Nicht vor Schmerz, obwohl ihr Hintern immer noch brannte. Doch als die Leere ihre Brust aushöhlte und sie mit Kälte füllte, musste sie schluchzen. *Ich möchte nach Hause.*

Und dann bückte sich Sir und hob sie mühelos in seine Arme.

„Nein! Lass mich in Ruhe."

„Schhh", murmelte er.

Als er sie näher an sich zog und einen Kuss auf die Oberseite ihres Kopfes drückte, wich die Kälte zurück.

Zachary fand eine unbesetzte Couch in der Mitte des Stockwerks und ließ sich darauf nieder, Jessica fest in seinen Armen haltend. Die Schuld lag wie ein schwerer Brocken in seinen Eingeweiden. Nie war eine gute Tat so falsch gewesen. Er hätte sie im Eingangsbereich bei Ben sitzen lassen sollen, sie nie hier herein in den Club bringen sollen.

Verdammt, es war nicht genug Zeit gewesen, sie so zu erregen, dass ihr Schmerz in Lust verwandelt wurde. Noch schlimmer, Schläge mit dem Paddle auf den nackten Hintern konnten bei manchen schmerzhafte Erinnerungen an Bestrafungen auslösen, die sie während ihrer Kindheit erhalten hatten.

Er lockerte seine Arme um sie und zog ihren Kopf an seine Brust. „Alles ist vorbei, Kleine."

Sie vergrub ihren Kopf an seiner Schulter und ihre erstickten Schluchzer brachen ihm das Herz. Er konnte fühlen, wie sie versuchte, ihre Verzweiflung einzudämmen, aber zwischen Doms und Subs durfte es keine Mauern geben. Sie wusste das noch nicht und würde es eine Zeit lang auch nicht tun, sogar wenn sie diesen Weg gehen wollte.

Die Wahrheit war, sie war nicht seine Sub, aber er hatte für die Bestrafung als ihr Dom agiert. Sich danach um sie zu kümmern, lag in seiner Verantwortung. Hier würde er beginnen.

Er verlagerte sie in seinen Armen, sodass er ihren Kopf nach oben neigen und ihr in die Augen schauen konnte. „Ich habe dich, Jessica", sagte er leise. „Lass es raus."

Ihre smaragdgrünen Augen blinzelten ihn überrascht an. Hatte sie noch nie jemand weinen lassen? Als ihre Tränen wieder hochkamen, ließen die gedämpften Schluchzer sie erschaudern. Ihre erstickten Worte drangen zu ihm. „Vor all den Leuten ... Es hat wehgetan ... Noch nie hat jemand ..." Ihre Schranken fielen und sie weinte offen und zitterte so stark, wie als sie vom Regen durchkühlt worden war.

Empfindliche Kleine, ein behütetes Haustier. Dadurch wollte er sie nur umso mehr.

Er streichelte ihr Haar und sagte ihr, wie tapfer sie gewesen war, wie wundervoll sie die Verantwortung für ihre Handlungen übernommen hatte, wie sehr er es schätzte, dass sie diese mit ihm geteilt hatte. Er lobte ihren Mut für den Versuch, die andere Sub zu schützen, wie selten man jemanden fand, der bereit war zu handeln, um jemand anderem zu helfen.

Er sagte nur die Wahrheit. Wenn es auch falsch gewesen war, die Szene zu unterbrechen, so imponierte ihm doch der

Mut ihrer Handlung. Umso erstaunlicher war die Art gewesen, wie sie das Urteil akzeptiert hatte, ohne anderen die Schuld dafür zu geben. Die Facetten ihrer Persönlichkeit waren faszinierend und reichten vom Hitzkopf bis hin zur nachgiebigen Frau in seinen Armen. Von kontrolliert und vorsichtig bis hin zu leidenschaftlich. Er war begeistert von ihr.

Langsam verwandelte sich ihr Weinen in ruckartige Atemzüge, als die Erschöpfung sie überwältigte.

Nach einer allzu kurzen Zeit spürte er, wie sich ihr Verstand einschaltete und begann, den Schmerz und die Erniedrigung unter Schichten aus Kontrolle zu begraben.

Ihr Körper wurde steif und nahm seinen Trost nicht mehr an. „Ich möchte jetzt gehen."

„Der Regen und der Sturm haben noch nicht nachgelassen und du hast kein Auto. Aber du kannst im Eingangsbereich warten und niemand wird dich behelligen."

Ihr Atem zischte und sie schob seine Arme von sich. „Lass mich gehen."

„Wir werden hier sitzen bleiben, bis deine Beine wieder richtig funktionieren. Außer du möchtest, dass ich dich durch den Raum trage?"

Sie hörte sofort auf. „Lass mich wenigstens runter."

„Nein."

Das ließ sie ihren Kopf heben, ihre grünen Augen waren feucht wie ein Wald im Regen.

„Ich habe noch nie jemanden bestrafen müssen, den ich eben erst kennengelernt hatte", sagte er und ließ seinen eigenen Ärger heraus. „Disziplin ist ein Akt des Vertrauens zwischen Dom und Sub. Wir haben nicht dieses Vertrauen zwischen uns. Eine Szene, eine solche Bestrafungs-Szene, aufführen zu müssen, ist extrem unangenehm. Es hat mich gestört, dich verletzt zu sehen, Jessica", knurrte er. „Du wirst mich dich halten lassen und mir im Gegenzug etwas Trost spenden."

Ihre Augen weiteten sich. Zuvor hatte sie verstanden, welchen Schaden ihre kopflose Aktion bei Smith und seiner Sub angerichtet hatte. Konnte sie begreifen, welches Unbehagen sie ihm zugefügt hatte?

Er konnte fast hören, wie ihr kluger Verstand die Ereignisse von der anderen Seite betrachtete. Sie war eine sehr schlaue Frau.

Und dann flüsterte sie „Es tut mir leid" in sein Shirt.

„Mir auch", antwortete er, ohne ihr die Gnade des Vergebens zu gewähren. Jetzt noch nicht.

Sie schniefte ein wenig, suchte nach einem Weg, ihn versöhnlich zu stimmen. „Was soll ich tun?"

„Bleib einfach hier mit mir sitzen, bis wir beide uns ein wenig erholt haben. Du bist ein tröstender Arm voll Frau und mein Körper mag das Gefühl deiner Nähe."

Durch seine Worte öffnete sich ihr Geist für mehr als nur den anhaltenden Schmerz. Er bekam ein Gespür dafür, wie ihr Körper plötzlich wieder auf ihn aufmerksam wurde, auf seine Muskeln an ihrer Weichheit, auf seine Hand, die über ihr Haar strich, auf seinen Duft. Als sie sich wand, um den Schmerz ihres wunden Hinterns zu lindern, reagierte sein Schwanz auf die provozierende Bewegung. Sie hatte die Art von Körper, die ihm am meisten Vergnügen bereitete: rund, weich und üppig.

Als er hart wurde, erstarrte sie und erkannte, was ihre Bewegungen verursacht hatten.

Er kicherte und drückte seine Lippen auf ihren Scheitel.

„Ich will einen Kuss, und dann bringe ich dich zum Eingangsbereich."

„Ist das alles?", fragte sie misstrauisch.

Er verengte die Augen, streichelte über die Unterseite ihrer Brust, sein Daumen rieb über ihren Nippel.

Der Alarm in ihr wurde von einer Hitzewelle begleitet.

„Vielleicht sollte ich mehr verlangen", murmelte er.

Sie legte ihre Hand auf seine und versuchte ihn wegzuziehen, und war dabei so erfolgreich wie ein Kätzchen, das an der Hand eines Menschen zog.

„Ein Kuss."

Mit einem gekränkten Seufzer hob sie den Kopf.

Dieses Mal würde er es langsamer angehen. Er strich neckisch über ihre Lippen, wie in seinen Zeiten der Special Ops, um das Gelände zu erkunden. Ihr Mund war weich und hatte einen schmalen Grat in der Mitte ihrer Unterlippe, der diese in zwei winzige Backen teilte. Er intensivierte den Kuss, öffnete ihre Lippen mit seinen und zwang sie zu reagieren. Unter seinem langsamen Angriff wurde ihr Mund weicher, so wie die Nippel einer Frau, die gerade gekommen war. Er drang noch tiefer in ihren Mund ein und nahm ihn in Besitz.

Ihre Finger schlossen sich fester um seine Hand, also schloss er seine Finger fester um ihre Brust. Sie keuchte. Er las in ihrem Kopf die komplexen Gefühle einer Frau, deren Verlangen wuchs. Die Hitze brannte sich ihren Weg von ihren Brüsten zu ihrer Pussy, und als er ihre Zunge in seinen Mund saugte, steigerte es die Empfindungen in ihrem Körper, so wie eine Person von einem Aufzug nach oben transportiert wurde.

Als ihr anziehender Körper vor Hunger zitterte, zog er sich langsam zurück, bevor er sich zu mehr verlocken ließ. Ein Versprechen war ein Versprechen, und sie war bereits überwältigt. Wenn die Kälte im Eingangsbereich ihr Verlangen herunterkühlte, dann sollte es so sein. Wenn natürlich ihr Verlangen und ihre Gedanken sie zurück in sein Territorium führten ... nun, seine Fantasie hatte sie bereits in sein Bett platziert, ihre Pussy offen für seine Zunge, seine Finger und dann seinen Schwanz. Er würde es genießen, sie hoch und höher zu bringen, bis ihre Schreie der Ekstase sie weich zurücklassen würden und sie bereit wäre, ihn wieder aufzunehmen.

Er schüttelte den Kopf, um ein wenig runterzukommen, dann hauchte er einen weiteren Kuss auf ihren Mund, der fast so üppig war wie ihre Brüste.

„Auf, meine Kleine." Er stellte sie auf die Füße und legte einen Arm um sie, als ihre Knie nachgaben. Nur um sie zu ärgern, ihren Beinen wieder Kraft zu geben – und zu sehen, ob die Bestrafung zu etwas anderem geführt hatte –, strich er mit seiner Hand über ihren Arsch, drückte die süßen

Backen abwechselnd zusammen und erinnerte sich an das lebhafte Rosa, das auf ihrer hellen Haut geglüht hatte.

Sie hielt den Atem an und, oh ja, eine erfreuliche Steigerung der Hitze.

„Wie ich schon sagte, Schmerz ist eine Empfindung, die der Erregung sehr nahe kommt", flüsterte er, immer noch ihre Pobacken streichelnd, und genoss ihre Verwirrung, als sich die Schmerzen in erotische Empfindungen verwandelten. „Wenn ich dich dort beißen würde, würdest du wahrscheinlich kommen."

Ihr Rücken wurde starr, und sie versuchte, von ihm wegzurücken. Sie war es nicht gewohnt, dass Worte ihre Wünsche befriedigen konnten, so wie seine Finger ihren Arsch.

Ohne noch mehr zu sagen, obwohl er bereits darüber nachdachte, was er zu ihr sagen würde, wenn er ihr erstes Handgelenk an sein Bett fesselte, führte er sie hinaus in den kalten und kargen Eingangsbereich, wo Ben herrschte.

KAPITEL FÜNF

D er Troll, der die Tür bewachte, blickte auf, als sie eintraten. Sir küsste Jessicas Fingerspitzen, saugte fest genug an einem, um Hitze in ihre Finger zu senden und sogar noch tiefer, dann ging er weg, ohne etwas zu sagen.

„Sind Sie hinausgeworfen worden?" Ben legte seinen Stift nieder und schob seine Papiere beiseite.

„Ich wollte nicht mehr drinnen bleiben." Jessica setzte sich auf den Boden in die Ecke, die am weitesten von der Tür entfernt war, und rutschte unbehaglich herum. Hartholzboden, wunder Hintern ... schlechte Kombination.

Sie hatten sie mit einem Paddle geschlagen.

Die Erinnerung an den Schmerz war untrennbar verbunden mit der Erinnerung an Master Zs Hände, wie sie über ihren nackten Hintern strichen, seine Finger, die so sanft ihre Brüste berührten. Ihre Hände schlossen sich zu

Fäusten. Was war sie nur für eine Person, dass sie so erregt war davon?

„Machst du solche Sachen?", fragte sie Ben und nickte mit dem Kopf zur Tür. Eigentlich wollte sie sich überhaupt nicht unterhalten, aber ihr Verstand driftete immer wieder an unbequeme Orte ab, genau wie ihr Hintern. Im Versuch, sich von beidem abzulenken, fuhr sie mit den Fingern durch ihr wirres Haar.

„Nö. Ich steh' nur auf Vanilla-Sex, wie man so schön sagt. Z bevorzugt das bei seinen Wachleuten. So werden wir nicht abgelenkt." Er kramte in seiner Tasche und warf ihr einen Kamm zu.

„Danke." Sie schnappte sich eine Haarlocke und begann, sie zu bearbeiten. „Es stört dich überhaupt nicht, was sie dort drinnen machen?"

Er zuckte mit den Schultern. „Die Welt ist voller Abwechslung. Warum nicht auch der Sex? Alles dort drinnen ist – was ist der Ausdruck dafür? – sicher, vernünftig und einvernehmlich. Ja. Wenn sie einen kleinen zusätzlichen Kick brauchen, damit ihnen einer abgeht, dann geht mich das nichts an." Er grinste und rieb sich den Kiefer. „Mein Schwager kommt aus New Orleans. Er mag kein fades Essen. Beißt es nicht zurück, dann schüttet er Pfeffersauce darüber. Ein netter Kerl, hat nur andere Geschmacksnerven als ich."

Als er sich wieder über seinen Papierkram beugte, starrte sie auf ihre Hände hinunter. Verschiedene Geschmäcker. Hatte sie einen anderen Geschmack? *Sicher nicht.*

Jene Leute auf der Tanzfläche – die, die sie aufregend gefunden hatte – waren die beiden Paare, bei denen die Männer offensichtlich das Sagen hatten. Sir hatte ein bestimmtes Wort dafür benutzt, aber sie konnte sich nicht daran erinnern.

„Was sind die Bezeichnungen für einen dominanten Mann und eine gehorchende Frau?", platzte sie heraus und errötete, als sich seine Augenbrauen hoben.

„Du denkst an eine dominant/unterwürfige Beziehung? Dom/Sub. Wenn der dominante Teil ein Mann ist, nennt man ihn gewöhnlich Sir oder Master oder irgendetwas anderes, was er sich aussucht." Bens Lippen kräuselten sich.

„Seine Sub wird ihm sicherlich nicht widersprechen, oder?"

Das Klatschen des Paddles klang in ihren Ohren. „Oh nein. Welche Rolle spielt der *Sklave*?"

„Das ist des Öfteren eine Person in einer Lebenspartnerschaft, in der der Dom noch mehr Kontrolle hat. Es gibt einige solcher Paare hier, aber die meisten leben es nur beim Sex oder Playtime aus."

„Also ist es hier jeden Tag voll von ..."

„BDSMs? Nein. Nur samstags. Die Freitage sind für die Swinger. Donnerstage für die Lederjungs. Manchmal vermietet der Boss die Räumlichkeiten auch für private Partys."

„Geschäftiger Ort." Master Z, so nannten sie ihn. Also war er dominant, und er behandelte sie wie eine Unterwürfige. *Sich einem Mann unterwerfen.* Obwohl sie sich gegen die ganze Idee sträubte, war ihr Körper von dem Gedanken begeistert. Verdammt, er hatte sie paddeln lassen, bis ihr Weinen durch den ganzen Raum geklungen war. Dann hatte er sie gehalten, sanft wie man ein Kind hält, während sie sich bei ihm ausgeweint hatte.

Sie rutschte wieder umher, versuchte, eine Position zu finden, in der ihr Hintern nicht schmerzte. Als ob das möglich gewesen wäre. Wollte sie also lieber Sex mit Biss haben? Sollte sie das analysieren, wie sie es mit der Buchhaltung eines Klienten tun würde? Warum sollte sie nicht die Zeit dafür verwenden, es zu studieren?

Okay, also, zugegeben ... die Dom/Sub-Paare zu beobachten, hatte sie heiß gemacht. Heißer, als sie sich gefühlt hatte, als sie mit Matt, ihrem letzten Freund, einen Porno im Fernsehen angesehen hatte. Er hatte versucht, ihr Interesse an Sex zu steigern, aber der Porno war nicht nur langweilig, sondern ein echter Abtörner gewesen.

Den Dom zu beobachten, wie er seine Sub küsste – nein, sich einen Kuss nahm, ohne eine Ablehnung zu erlauben –, war viel erotischer gewesen, als im Film einen Penis zu sehen, der in eine Frau pumpte. Und die Art, wie Master Z küsste ... ihr Inneres schmolz bei dem Gedanken dahin. Sie schüttelte den Kopf. An seinen fordernden Mund zu denken, diese festen Lippen, würde ihr Gehirn zu Brei machen. *Denk nach, Jessica.*

Aber diese BDSM-Sache war weit übertrieben, oder? Sie brauchte nicht so etwas Perverses, um abzuheben. Sex war angenehm genug, wirklich. Wenn sie einmal in Fahrt war.

Und sie kam mindestens jedes zweite Mal. Ihre Orgasmen waren schön.

Sie biss sich auf die Lippen. Wieso hatte sie das Gefühl, dass, wenn sie mit Master Z ins Bett ging, *schön* nicht das passende Wort wäre? Denn er würde sie *nehmen,* nicht mit ihr Sex haben. Sie bezweifelte, dass sie entscheiden dürfte, wie es passierte oder was er tun würde. Nur der Gedanke daran ließ Feuchtigkeit zwischen ihren Beinen sickern. *Oh Gott.*

Immer noch kämmte sie mit den Fingern durch ihr Haar, und sie stellte fest, dass die Strähnen nun frei von Knoten waren und bis halb über ihren Rücken hinabfielen. Was sollte sie jetzt tun, um sich abzulenken? Sie konnte die Leute im Club lachen und reden hören. Die Musik dröhnte mit einem fesselnden Beat.

Sie wollte wieder zurückgehen. Herausfinden, was sie verpasste. Und sie hatte zu viel Angst davor, es zu tun. Er hatte sie geschlagen. Ihr Hintern tat immer noch weh, verdammt.

Ein Teil ihres Gehirns wies darauf hin, dass sie die Regeln gebrochen hatte, und er war nicht glücklich darüber gewesen, dass er die Regeln hatte durchsetzen müssen.

Trotzdem, was, wenn sie zurückginge und er täte ihr etwas Schreckliches an?

Sie kannte ihn nicht einmal.

„Ist er ein guter Boss?", fragte sie, wobei ihre Stimme kaum lauter als ein Flüstern war.

„Dich hat's schlimm erwischt, oder?" Ben schüttelte den

Kopf. „Okay, hier der Überblick über Master Z. Er ist seit Jahren hier. Der Club ist sein Hobby. Nichts Illegales, Drogen sind nicht erlaubt. Er bezahlt sein Personal pünktlich. Erwartet von seinen Leuten, dass sie sich professionell verhalten. Einmal geschieden, zwei erwachsene Kinder, im Moment keine ernsthafte Beziehung. Die Frauen fallen über ihn her und in seiner Welt ist er als der beste Master bekannt. Das bestätigen die Subs, die es wissen müssen." Er grinste sie herausfordernd an. „Ist es das, was du hören wolltest?"

Sie errötete und nickte, schaute hinunter auf ihre Hände.

„Oh, und er steht nicht auf das Hardcore-SM-Zeugs, Peitschen und Schläge und Blut. Wenn du dich danach sehnst, ist er nicht dein Mann."

„Aber −" *Das Paddle.*

„Damit will ich nicht sagen, dass eine Sub nicht bestraft wird, wenn sie sich daneben benimmt", fügte er hinzu. „Aber es gibt einen Unterschied zwischen einer Spanking-Sache und einer Auspeitschung. Zumindest wurde mir das gesagt."

„Oh."

Sir war an ihr interessiert. Sie hatte das gesehen, gespürt, wie seine Erektion gegen sie gedrückt hatte. Er war gewillt, sie mit ins Bett zu nehmen. Ihr ... *Dinge* zu zeigen. Der Gedanke ließ sie innerlich zittern und ihr Herz pochte.

Wenn sie hier in der Eingangshalle blieb und am Morgen verschwand, wäre diese Dom/Sub-Sache wie ein

Verlangen am Rande ihres Verstands, der ihr jedes Mal zuflüstern würde, wenn sie mit jemandem ins Bett ginge. Sie würde ein *Was hätte sein können* mit normalem Sex vergleichen und nie wissen, ob die Realität ihrer Vorstellungskraft entsprochen hätte. Schließlich könnte Sex mit einem Master auch nur eine weitere Sache sein, die im Sande verläuft, wie so vieles in ihrem Sexleben.

Könnte sie es aushalten, es nicht zu wissen?

Bevor sie sich wirklich entschieden hatte – hatte sie sich denn entschieden? –, war sie schon auf den Füßen.

„Du gehst zurück?"

Sie legte den Kamm auf seinen Schreibtisch. „Sag nichts. Ich bin dümmer, als ich aussehe, stimmt's?"

Er grinste. „Zumindest mutiger."

Zachary spürte sie, bevor er sie sah; eine unwiderstehliche Mischung aus Verlangen, Furcht und Entschlossenheit, und seine eigenen Emotionen flammten vor Freude auf. Obwohl er darauf gehofft hatte, hatte er nicht wirklich erwartet, dass sie zurückkehrte, nicht nach einer so harten Einführung in diesen Lebensstil. Er hatte erwogen, ihr in der Eingangshalle Gesellschaft zu leisten und mit ihr zu reden, sich dann aber dagegen entschieden. Sie sollte ihre Entscheidungen ohne seinen Einfluss treffen.

War es nicht Ironie, dass er auf eine faszinierende Frau getroffen war, eine, bei der die Chemie zwischen ihnen wie

Benzin und Feuer war, und sie nicht Teil der Szene sein würde?

Doch hier war sie nun, voller Entschlossenheit und Mut. Sie mochte in Bezug auf andersartigen Sex unschuldig sein, hatte jedoch eine bewundernswerte Fähigkeit, ihre Bedürfnisse ehrlich anzuerkennen. Und den Mut, das zu tun, was sie wollte.

Schade, dass ihre Tapferkeit sie zu dieser Szene geführt hatte, dachte er und versuchte, nicht zu lächeln, als sie neben ihm herging und erstarrte. Eine hübsche Sub mit knallroten Haaren war an einen Spanking-Pferd gebunden. Er war im Winkel nach unten gekippt, sodass ihr Arsch sich hoch nach oben streckte ... so wie Jessicas, erinnerte sich Zachary mit Genuss.

Er blickte nach unten und sah, wie sich Jessicas Augen weiteten, fühlte ihren Schock beim Anblick der gefesselten Sub. In ihrer Fantasie stellte sie sich zweifellos vor, an deren Stelle zu sein, mit ihm dahinter.

Der Dom in der Szene spritzte etwas Gleitmittel in seine Hand und schob nun zwei Finger in das freche kleine Poloch der Sub. Die Rothaarige jammerte und wand sich – mehr aus Erregung als vor Schmerz, das wusste Zachary. Aber Jessica spannte sich an seiner Seite an, also beugte er sich zu ihr hinunter.

„Diese beiden führen schon lange eine Beziehung", flüsterte er. „Er hat sie schon oft auf diese Weise genommen, und sie kommt jedes Mal schreiend. Die beiden genießen die Show, die sie bieten, Jessica."

Sie war starr, bis seine Worte einsanken, dann entspannte sie sich. „Bist du sicher?"

„So sicher, wie ich sicher bin, dass du noch nicht so weit bist, meine Finger in irgendetwas anderem als deiner Pussy zu haben."

Ihr scharfes Einatmen, gefolgt von einer Hitzewelle, ließ ihn hart werden wie einen Stein. Ja, die Anziehung war zweifellos da. Würde das benötigte Vertrauen folgen?

Als sie sich also zu ihm drehte und ihn wegen seiner Offenheit rügen wollte, nahm er einfach ihre Lippen gefangen, diese zartrosa Lippen, nach denen er sich seit dem letzten Mal so gesehnt hatte. Sein Arm um sie herum vereitelte ihren Drang zurückzuweichen. Er legte seine andere Hand an ihren Kiefer, hielt sie im richtigen Winkel fest, um mit ihrem Mund zu spielen, an ihren saftigen Lippen zu knabbern, mit seiner Zunge über ihre samtige Haut zu fahren und sie zu necken, bis sie sich ihm öffnete und er tiefer eindrang, um die Geheimnisse in ihrem Inneren zu erforschen. Als er an ihrer Zunge saugte, schmolz sie dahin.

Ihre Lippen schienen unter seinen zu brennen, als er sie beide quälte, bis sie ihren kurvigen Körper an ihn presste, um ihm näher zu kommen. In der Tat ein Vergnügen.

Widerwillig zog er sich zurück, nahm ihre Arme von sich. Als sie blinzelnd in die Wirklichkeit zurückkehrte, empfing die gefesselte Sub gerade den Schwanz ihres Masters mit einem Freudenschrei und verkrampfte sich in einem lauten und glücklichen Orgasmus.

Jessicas Gesicht verfärbte sich dunkelrot und sie wirkte

ein wenig schockiert. „Ah. Ich schätze, du hattest recht, was sie angeht."

Grinsend legte Zachary einen Arm um sie und führte sie weg.

Sie kehrten nicht zur Bar zurück, er brachte sie zum vorderen Bereich des Raumes. Jessica schlurfte. „Wohin gehen –"

„Du hattest einen langen Tag und wahrscheinlich kein Abendessen", sagte Sir. „Du musst am Verhungern sein."

Essen? Das schien so banal an diesem exotischen Ort, aber der Gedanke daran ließ ihren Magen knurren. „Ich schätze, das bin ich."

Sie hatte sie zuvor nicht bemerkt, weil sie sich auf der anderen Seite der Bar befand, aber in der vorderen Ecke gegenüber der Tanzfläche stand eine lange Tafel mit Fingerfood. Sir gab ihr einen kleinen Teller, und sie ging den Tisch entlang und nahm sich winzige Fleischpasteten, gefüllte Pilzköpfe und Krabben-Kanapees. Er holte sich nichts zu essen, schenkte nur jedem von ihnen etwas Eistee ein.

„Hast du keinen Hunger?", fragte sie.

„Ich habe zuvor schon gegessen."

Sie ließ sich in einer unbesetzten Sitzecke auf der Couch nieder und er nahm sich einen Stuhl. Er berührte sie nur selten, bemerkte sie, schaute über den Couchtisch zu ihm und fühlte mehr als nur die physische Distanz zwischen ihnen wachsen. Mit ansteigender Unsicherheit setzte sie den Teller auf dem Tisch ab.

„Also", sagte sie. Sie fühlte sich unbeholfen in der

Gegenwart eines Mannes, war das nicht seltsam? „Wie kam es dazu, dass du der Besitzer eines solchen Clubs wurdest?" Er lehnte sich in den Stuhl zurück, offensichtlich entspannt, und streckte die Beine von sich. Mit dem Glas Tee in der mageren Hand betrachtete er sie einen Moment. „Lebensstile können einsam machen, und die Leute kommen in die Clubs, um Gesellschaft zu finden. Ich mochte den Missbrauch nicht, der in einigen von ihnen auftrat, und wollte wissen, ob ich es besser machen könnte."

Sie fing an, ein Stück Pastete aufzuheben, und hielt inne. Wie konnte sie in seiner Gegenwart etwas essen? Wahrscheinlich dachte er, dass sie sowieso schon zu dick wäre. Als sie nach unten blickte, schienen ihre Hüften und Oberschenkel sich unter dem knappen Rock zu wölben. Sie faltete die Hände in ihrem Schoß.

Unterhaltung. Sie hatten eine Unterhaltung. „Missbrauch?"

„So wie jeder andere Lebensstil, kann BDSM instabile Persönlichkeiten anziehen. Hier versuche ich zumindest sicherzustellen, dass *einvernehmlich* mehr als nur eine Floskel ist. Aber selbst mit Überprüfungen und Trainings-verfahren haben wir immer noch Probleme." Seine zusam-mengekniffenen Augen wanderten vom Teller zu ihren Händen. Stirnrunzelnd stellte er sein Teeglas auf den Tisch. „Hast du keinen Hunger mehr?"

Sie zuckte mit den Schultern, fühlte sich unbeholfen und ungeschickt. Warum konnte sie nicht schlank sein und alles, und warum störte sie ihr dicker Hintern nie, außer wenn sie sich zu einem Mann hingezogen fühlte?

Er schüttelte den Kopf, wechselte ruhig den Sitzplatz und gesellte sich zu ihr auf die Couch. „Komm her, Kätzchen." Mit unnachgiebigem Griff zog er sie hinüber, bis ihre Hüften und Schultern an seinen rieben.

Konnte er fühlen, wie sich ihre Hüften zusammenquetschten?

„Jessica, falls du es noch nicht bemerkt hast, ich mag deinen Körper." Er packte sie an der Schulter und drückte sie an die Rückenlehne der Couch, dann fuhren seine Finger ihren Hals hinunter, über ihre Brüste, ihren Bauch.

Die Hitze floss wie eine Strömung in sie hinein. Sie bewegte sich unbehaglich, als er eine Hand auf ihren pummeligen Oberschenkel legte.

„Ich mag rund." Er hielt ihren Blick gefangen, während seine Hand über ihre Hüfte strich. „Ich mag Überfluss."

Seine Hand bewegte sich zu ihrer Brust, und er lächelte, als sich das Gewicht in seine Handfläche legte. Und dann schob er ihren Rock hoch, platzierte seine Finger auf ihrem Oberschenkel und schob sie weiter nach oben, bis sie zu quietschen begann und die Beine aneinander presste.

Er biss ihr ins Ohrläppchen, ein winziger Schmerzensstich, und flüsterte: „Ich habe vor, mich – sehr, sehr tief – in all deiner Weichheit zu vergraben, bis du dich unter mir windest. Bis du nach Erlösung keuchst."

Gott, sie keuchte jetzt schon, und die ganze Welt schien Feuer gefangen zu haben.

Immer noch langsam strich seine Hand ihr Bein hinunter, dann setzte er sich auf und ließ sie errötet und mit einem Gefühl der Bedürftigkeit zurück. Ihren Rock hatte er nicht wieder zurechtgerückt, wie sie feststellte.

Er nahm einen Pilzkopf und hielt ihn an ihre Lippen. „Iss, Jessica", sagte er. „Du wirst deine Kraft für später brauchen."

Als sich ihr Mund bei der verlockenden Drohung öffnete, steckte er den Bissen hinein. Einen warmen Arm um ihre Schulter gelegt, fuhr er fort, sie zu füttern, Bissen für Bissen, dabei erzählte er ihr mit seiner tiefen Stimme von den verschiedenen Leuten im Club. Cullen, der ein Dom war, wie sie sich schon gedacht hatte, und durch die Subs wütete wie Buschfeuer, nahm nie die Gleiche für mehr als ein paar Nächte. Daniel, der nicht mehr glücklich geworden war, seit er vor drei Jahren seine Frau verloren hatte, stand ebenfalls auf kurvige Frauen. Adrienne, eine Sub, die Befehle missachtete, nur um ausgepeitscht zu werden. Cody wollte ein 24/7-Sklave sein, und Joey suchte nach einer Herrin.

Als sie alles aufgegessen hatte, lächelte Sir auf sie hinunter. „Fühlst du dich besser?"

Das tat sie, was ziemlich faszinierend war. „Ja. Danke", sagte sie und meinte dabei mehr als nur das Essen. Sie fühlte sich behaglich und angekommen.

„Gut. Nun erzähl mir, wieso du denkst, dein Körper wäre unattraktiv?"

Und schon war sie wieder aus dem Gleichgewicht

gebracht. Sie schnaubte und gab vor, zwei vorbeilaufenden Menschen nachzuschauen. „Ich weiß nicht, wie du darauf –?"

Er legte eine Hand an ihre Wange und zwang sie, ihn anzusehen. „Weiche mir nicht aus, Kätzchen. Waren es deine Eltern? Männer?"

Warum fühlte sie sich jetzt noch nackter als in dem Moment, als er sie im Badezimmer abgetrocknet hatte? Sie brauchte nicht mit ihm darüber reden – ausgerechnet mit ihm!

Er wartete. Verdammt.

„Mom, ab und zu. Und es gab einige Männer, die wollten, dass ihre Frauen dünn waren." Sie zuckte mit den Schultern und versuchte wegzusehen. Seine Hand bewegte sich nicht. Als sein Daumen über ihre Unterlippe strich, konnte er sie wahrscheinlich beben fühlen. Verdammt.

„Eltern, die es gut meinen, können einem den Kopf ziemlich durcheinander bringen, das ist wahr. Und Männer wie diese? Sie sollten die mageren Frauen nehmen und die weichen, runden den Männern lassen, die sie zu schätzen wissen." Er schüttelte empört den Kopf. „Manchmal habe ich das Gefühl, unser Land ist voll von Idioten."

Er mochte ihren Körper wirklich. Dieser Gedanke war berauschend. Befreiend. „Du bist ein netter Mann", sagte sie.

„Natürlich bin ich das." Die Haut um seine Augen verwandelte sich in kleine Fältchen und sie sah den Schimmer eines Lächelns, das sie daran erinnerte, wer ihren nackten Hintern liebkost und dann ein Paddle über diesen selben nackten Hintern geschwungen hatte. Sein Lächeln wurde breiter.

„Ah, richtig." Sie stand auf, erleichtert, dass er sie nicht zurückhielt. „Wie wäre es, wenn du mir die Toiletten zeigen würdest?"

Wenn er vor ihr stand und auf sie hinunterschaute, fühlte sie sich wie das Kätzchen, als das er sie immer bezeichnete. Ein Kätzchen in der Nähe eines Wolfes, der keinen Hunger hatte ... im Moment. Aber die Gefahr war da, sie glitzerte in diesen dunkelgrauen Augen. Sie beobachtete ihn vorsichtig, als er seine Hand an ihren Rücken legte und dann absichtlich über die Kurven ihres Hinterns strich.

Sie sah ihn stirnrunzelnd an.

Bevor sie noch reagieren konnte, hatte er sie hoch an seine Brust gezogen. Seine Hand an ihrem Rücken hielt sie fest, während seine andere über ihren Hintern streifte – ihren immer noch empfindlichen Hintern –, so intim, dass sie gleichzeitig verlegen und erregt war.

„Erste Lektion, kleine Sub", sagte er sanft. „Deinen Dom stirnrunzelnd anzuschauen, kann riskant sein." Ein Finger zeichnete die Linie zwischen ihren Arschbacken durch das seidige Material nach und sie zitterte unter seiner Berührung.

„Du bist nicht mein –" Der fleischliche Ausdruck in seinen Augen ließ ihre Zunge einfrieren. „Ähm. Richtig. Eine Lektion. Danke."

Er lachte und ließ sie frei, der Verlust seines warmen Körpers an ihrem erzeugte ein leichtes Frösteln.

Sie schüttelte den Kopf, machte sich auf den Weg zum Badezimmer, strebte nach Würde, bewegte sich aber etwas zu schnell, um den Effekt zu erreichen. Sie warf einen Blick zurück, bevor sie durch die Tür ging. Ein Mann sprach mit Sir, aber Sirs Blick war auf sie gerichtet, ein schwaches Lächeln auf den Lippen.

Die sinnliche Röte durchlief sie bis zu den Zehenspitzen.

KAPITEL SECHS

Zachary hörte James und seinen Ideen für eine Szene mit einer ziemlich neuen Sub zu, aber sein Kopf war mehr bei Jessica als bei der Unterhaltung. Er wusste, dass sie an ihn dachte und an die Gefühle, die er in ihr auslöste. Sie war verwirrt ... und sehr erregt. Ausgezeichnet. Er wandte seine Aufmerksamkeit wieder James zu, ging im Geiste noch einmal durch, was der junge Mann gesagt hatte. Neue Sub, gehemmt. Wunderbar im privaten Bereich, aber bei Szenen in der Öffentlichkeit konnte er sie nicht zum Orgasmus bringen.

„Dann lass es", sagte Zachary. Sein Sohn im College-Alter hätte noch ein *Duh* ans Ende gestellt.

„Aber ich liebe die Sessions im Club. Das ist etwas, was ich nicht aufgeben will. Verdammt, vielleicht passen wir doch nicht zusammen." James seufzte, sein Unglück war klar.

Zachary schob die Gedanken an Jessica beiseite, damit er sich auf das Problem konzentrieren konnte. James und Brandy waren gut zusammen, jeder erfüllte die Bedürfnisse des anderen. Es wäre ein Jammer, wenn so eine Kleinigkeit eine Trennung verursachen würde. „Du könntest eine Szene machen, ohne dass sie zum Höhepunkt kommt."

„Ja, aber genau das ist doch der Sinn der Szene, wenigstens für mich."

„Also gut." Zachary runzelte die Stirn. „Wenn Brandy leicht kommt, wenn sie mit dir allein ist, ist sie also gehemmt, wenn sie zur Schau gestellt wird. Wenn du sie ein- oder zweimal in einer öffentlichen Szene zum Orgasmus bringen kannst, hat sie danach vielleicht kein Problem mehr damit."

„Genau das denke ich auch. Es gefällt ihr zwar, Sachen vor Leuten zu machen, aber sie will nicht die Kontrolle verlieren."

„Weil eine Frau dann am verwundbarsten ist, sowohl körperlich als auch emotional." Zachary schielte zur Toilettentür. Jessica sollte bald wieder herauskommen. „James, lass mich dir ein paar Tipps geben und –"

„Scheiße, Z, ich bin nicht gut darin, mir Instruktionen zu merken. Kannst du's mir zeigen? Eine deiner Szenen-Lektionen geben?"

Bildung hatte Priorität im Club, und obwohl das Herbeiführen eines öffentlichen Orgasmus nicht Teil der üblichen Ausbildung war, war es wahrscheinlich ein

Anliegen für viele der neueren Doms und Subs. „In Ordnung. Nächste Woche."

„Cool. Ich werde dafür sorgen, dass ich den Abend frei habe." James' Grinsen zeigte seine Erleichterung, dann nickte er in Richtung der Toilette hinüber. „Weißt du, ich hab' deine Sub schon mal gesehen. Sie kommt jede Woche ins Tierheim."

Zachary erinnerte sich, dass James im Tierheim arbeitete. „Was macht sie da?"

„Sie arbeitet mit den Tieren auf sozialer Ebene, du weißt schon, geht mit den Hunden spazieren, knuddelt mit den Katzen. Die Tiere sind verrückt nach ihr."

„Gut zu wissen." Ein Schatz, wie er es sich gedacht hatte.

„Ja, ich dachte, ich erwähne es. Sie ist nicht der Typ, der sich selbst rühmt."

„Nein." Die Frau hatte Tiefen, die er noch nicht erforscht hatte, sowohl körperlich als auch emotional.

„Also, danke für deine Hilfe, Z", sagte James. „Ich gehe jetzt und erzähle Brandy von nächster Woche."

Gerade als der jüngere Mann verschwand, kam Jessica zurück.

Zachary wandte sich ihr zu und genoss ihre eindeutigen Gefühle nach den Misstönen des jungen Mannes. Ihr Verstand war so klar, dass er gelegentlich nicht nur Bilder, sondern auch Emotionen empfangen konnte.

Jetzt im Moment waren ihre Barrieren wieder oben, ihre Erregung unten. Sie war wie heiße Quellen auf einem hohen

Berg, die Hitze, die von Neuschnee überdeckt wurde. Amüsiert fragte er sich, wie lange sie das wohl durchhalten würde. „Lass uns zur anderen Seite hinübergehen."

Der entschlossene Blick, den Sir ihr gerade zugeworfen hatte, verunsicherte Jessica.

Im Badezimmer hatte sie ein ernstes Selbstgespräch geführt, während sie versucht hatte, sich zu beruhigen. Sie würde sich nicht zum Idioten machen, indem sie immer erregter wurde. Sicher, sie wollte mehr über diese Bondage-Sache erfahren, aber nicht soweit, dass sie die Kontrolle aufgeben würde. „Was ist auf der anderen Seite?"

„Nur ein Ort, an dem man bequemer sitzen kann", antwortete Sir einfach. „Du hast eine sanfte Stimme, und es ist schwer, dich zu verstehen, wenn wir in der Nähe der Tanzfläche sitzen."

Er führte sie zu einem Bereich, wo es kleine Sitzgruppen mit Stühlen und Sofas gab. Einige Leute saßen dort und unterhielten sich leise. Nun, zumindest ein paar von ihnen. Sie kamen an einer Couch vorbei, wo eine Frau zu Füßen eines Mannes kniete und mit seinem Schwanz spielte.

Jessica wandte sich ab und wurde rot. „Die Leute hier sind nicht sehr zurückhaltend, oder?", murmelte sie.

Sein Lachen schickte ein Kribbeln durch sie. Zur Hölle, egal was er tat, sie bekam jedes Mal ein Kribbeln, als wäre jede Hautzelle ihres Körpers auf seine Berührung oder seine Stimme sensibilisiert. Allein das Gefühl seiner Hand, die über ihren nackten Arm strich, ließ sie erschaudern.

Sie fanden eine leere Couch, er setzte sich und zog sie

an seine Seite. Sie war ihm so nahe, dass sein Duft sie einhüllte. Sie verschränkte die Hände in ihrem Schoß. „Und jetzt?", fragte sie mit heller Stimme.

„Jetzt wird es ernst." Sein dunkler, voller Bariton ließ ihren Magen hüpfen. „Warum bist du zurückgekommen?" Die Frage kam unvorhergesehen und ihr Innerstes zog sich zusammen. Warum stellte er immer wieder diese unmöglichen Fragen, verdammt? Wie sollte sie die beantworten? „Ich bin nicht gekommen, um ... Ich war nur neugierig." Neugierig zu sehen, was er mit ihr anstellen könnte. Ihr Atem beschleunigte sich.

„Neugierig *zuzusehen*? Oder neugierig *mitzumachen*?" Er legte eine große Hand auf ihre beiden Hände.

„Mehr zu sehen." Wirklich.

„Keine Neugier, wie es sich *anfühlt*, devot zu sein?"

Sie zog eine Grimasse. „Ich denke nicht."

„Nun, Kätzchen, lass es uns herausfinden." Mit einer Hand packte er ihre verschränkten Hände und hielt sie in ihrem Schoß fest, während er mit der anderen ihre Wange umfasste.

Er küsste sie. Als seine Zunge gegen ihre rieb, wurde sie von Wärme erfüllt. Sie versuchte die Hände zu heben, um ihn zu berühren, aber das ging nicht, und so rauschte zuerst Überraschung und dann Hitze durch sie hindurch. Sein Mund bewegte sich nach unten über die Seite ihres Halses, Zähne schlossen sich leicht um ihre Haut und verursachten ihr Gänsehaut.

Erneut versuchte sie sich zu bewegen. Und wieder

hielten sie seine Finger an Ort und Stelle fest, und sie fühlte sich tatsächlich geschwächt.

„Du hast eine weiche Haut, die darum bettelt, berührt zu werden", flüsterte er und leckte über die Vertiefung an ihrem Schlüsselbein. „Nippel, die gesaugt werden wollen." Ein Finger seiner freien Hand fuhr über den Ausschnitt ihres tief ausgeschnittenen Shirts und streichelte die Oberseite ihrer Brüste.

Sie hielt den Atem an, wollte, dass er weitermachte. Dass er aufhörte. Verdammt, sie hasste es, so verwirrt zu sein.

Lächelnd schob er das dehnbare Oberteil weiter nach unten, bis ihre Brüste halb frei lagen. Seine Fingerspitzen rutschten unter das Shirt und berührten eine Brustwarze, die sofort hart wurde. Ihr Mund schloss sich, um einen Seufzer zu unterdrücken, dann erstarrte sie, als sie bemerkte, dass er nicht nach unten schaute, sondern ihr Gesicht, ihren Gesichtsausdruck musterte. Als sich ihre Blicke begegneten, umkreisten seine Finger leicht ihren Nippel, immer wieder, bis sie das Verlangen in sich wachsen spürte und sich auf die Lippen biss. Zu viele Empfindungen: seine harte Hand, die sie festhielt, sein Finger auf ihrem Körper. Ihr Innerstes pochte drängend.

„Fühlt sich anders an, nicht wahr?", flüsterte er. „Willst du mehr?"

„Nein." Er durchschaute sie zu deutlich, und das war genauso beängstigend wie die Reaktionen ihres Körpers. „Nein, will ich nicht."

Sein Kiefer straffte sich. „Ich weiß genau, wann du lügst, Kleines. Vorher habe ich dich um deinetwillen noch nicht darauf angesprochen, aber jetzt ..." Sein steter Blick hielt sie fest. „Jetzt wirst du ehrlich zu mir sein."

„Ich –" Sie schüttelte den Kopf, nicht willens, ihr Bedürfnis zu offenbaren. Sie erkannte, dass sie nicht lügen konnte.

„Ich denke, wir gehen hin und befriedigen deine Neugierde und einige deiner Bedürfnisse, die du nicht preisgeben willst." Er warf ihr einen prüfenden Blick zu. „Deine Antwort lautet ‚Ja, Sir'."

Ihr Herz hämmerte, als wäre sie meilenweit gelaufen, und ihre Hand begann in seiner zu schwitzen. *Sollte sie? Ihn lassen ... mit ihr zu tun, was er wollte?* Deswegen war sie zurückgekommen, trotzdem war die Idee verrückt. Doch der Gedanke an seine Hände auf ihr, wie er sie nahm ... Sie konnte nicht antworten, blickte ihn nur hilflos an.

Er lächelte, zog sie auf die Füße, führte sie an der Bar vorbei, wo er dem Barkeeper ein Handzeichen gab.

„Verstanden", sagte Cullen.

Sir öffnete eine verschlossene Tür mit der Aufschrift *Privat* und ging mit ihr einen Flur entlang zu einem kleinen Zimmer. Eine Handbewegung am Türrahmen, und zwei Wandleuchten schenkten weiches, flackerndes Licht.

Sie blieb in der Tür stehen, ein Handgelenk immer noch in seinem Griff. Die dumpfe Musik aus dem Club war nur noch ein leises Rauschen in ihren Ohren. Sie schaute sich um. In dem dunkel getäfelten Raum befand sich ein massives schmiedeeisernes Bett mit einer schimmernden Saphirdecke, ein antiker Schrank und sonst nichts. Sie leckte ihre Lippen. Was machte sie? Das war zu viel, zu unwiderruflich. Sie zog an seinem Griff.

„Nein, Jessica", murmelte er. „Du bist hier, weil du es wolltest. Wenn du jetzt gehst, wirst du dich immer fragen, was hätte sein können."

Woher wusste er das?

Ihr Atem ging schwer, als er sie zum Bett führte, aber er setzte sich nur auf den Rand, zog sie auf seinen Schoß und hielt ihre Hände umklammert. „Zuallererst, diese Zeit zwischen uns ist nur zum Vergnügen. Vertrau mir, dass ich weiß, wie ich dir dieses Vergnügen bereiten kann. Kannst du das tun?" Seine Augen wirkten so bedacht, als könnte er in ihre Seele schauen.

Sie nickte, dann erstarrte sie. „Du wirst mich nicht peitschen ... oder so, nicht wahr?"

„Nein, Kätzchen." Sein Finger strich über ihre Wange. „Die schlimmsten körperlichen Strafen, die ich verteile, hast du bereits erlebt."

Ihre Muskeln entspannten sich ein wenig. „Okay."

„Zweitens. Wenn es dich zu sehr ängstigt oder dir in irgendeiner Weise wehtut, dein Safeword ist *Rot*. Wenn du es benutzt, hört alles auf. Es ist gleichbedeutend mit dem Anruf der 911, also benutze es nicht leichtfertig."

Ein Notausgang. Das war gut. Sie bemerkte, dass ihre Hände kalt waren in seinem warmen Griff.

„Aber, Jessica." Er tippte ihr Kinn an, und hielt sie mit

einem harten grauen Blick fest. „Wenn du Schmerzen hast oder verängstigt bist, sag es mir einfach." Seine Lippen zogen sich nach oben. „Wenn ich meinen Job richtig mache, werde ich es wissen. Trotzdem erwarte ich, dass du mit mir teilst, was du fühlst."

Ihre Gedanken, Emotionen bloßlegen? Konnte Sex mit ihm so intim sein? Beides würde sie verwundbar machen ... Das war wirklich keine gute Idee, oder? „Sir, ich glaube –"

„Du denkst manchmal zu viel", murmelte er und ließ ihre Hände los, um seine Finger in ihrem Haar zu vergraben. „Das hier ist Vergnügen, kein College-Examen." Er kippte ihren Kopf zurück und verschloss ihren Mund mit einem zärtlichen Kuss. Er küsste sie langsam, gründlich, als hätte er alle Zeit der Welt. Ihre Haut erhitzte sich und sie war plötzlich bereit, seine Hände auf ihrem Körper zu spüren, sie wollte sie spüren. Ihre Finger lockten sein seidiges Haar, und sie erwiderte seinen Kuss, bis sich ihr der Kopf drehte.

Sie merkte kaum, dass er sich erhob, sein Mund war immer noch auf ihrem, als er sie auf die Füße zog. Er machte einen Schritt zurück, ließ sie atemlos mit prickelnden Lippen stehen.

Mit dunklen Augen, der Mund eine feste Linie, drehte er sie herum, bis sie mit dem Gesicht zum Bett stand. Er beugte sie nach vorne und legte ihre Hände auf den kühlen Seidenbezug.

„Bewege deine Hände nicht von da, wo ich sie hingelegt habe", sagte er. „Verstehst du mich?"

Oh ... es fing an. Ihr Herz machte einen harten Schlag. Ihre Finger krallten sich in das Laken und sie nickte.

„Sag ‚Ja, Sir‘, damit ich weiß, dass du mich gehört hast."

„Ja, Sir", flüsterte sie und zitterte.

„Sehr schön." Er streichelte ihre Wange. Dann spürte sie seine Hände an ihrer Taille, er öffnete ihren Rock. Seine Finger waren fest, sicher. Als ihr Rock um ihre Füße herum zu Boden fiel und sie von der Hüfte abwärts nackt zurückließ, zuckte sie zusammen und begann sich zu erheben.

„Bleib, wo du bist, Kleines." Seine Hand drückte gegen ihren Rücken, unbewegt, bis sie ihre Position wieder einnahm und die Hände auf das Bett stützte. Und dann berührte er sie, massierte ihren wunden Hintern und murmelte freudig: „Du hast einen wunderschönen Arsch, Jessica. Genau richtig für meine Hände."

Seine Finger glitten den Spalt zwischen ihren Backen hinunter, berührten ihre Falten so intim, dass sie keuchte. „Du bist schon feucht für mich", grummelte er. Er schob seine Finger durch ihre Nässe, immer und immer wieder, bis ihr Schlitz in Flammen stand und ihre Hüften sich unkontrolliert wanden. Aber sie schaffte es, die Hände still zu halten.

„Du hast dich nicht bewegt. Gutes Mädchen", sagte er, und die Zustimmung in seiner Stimme erfüllte sie mit Freude.

„Dreh dich jetzt um." Er half ihr auf und zog ihr sanft das Shirt über den Kopf, sodass sie gänzlich nackt war. „Ah, du bist eine wunderschöne Frau, Jessica", sagte er. Seine

Augen heizten sich auf, als er sich die Zeit nahm, sie zu betrachten, sein Blick war so warm, wie seine Hände gewesen waren.

Er tat wirklich so, als wäre sie hübsch. Das könnte sie die ganze Nacht hören.

Seine warmen Hände strichen ihre Arme hoch. „Deine Haut ist wie teurer Samt, Kätzchen", murmelte er, als er ihr Schlüsselbein entlangfuhr. Ihre Brustwarzen wurden hart, noch bevor er sie berührte und mit seinen Fingerspitzen zu schmerzhafter Not streichelte.

„Und nun aufs Bett", sagte er, seine Stimme war tief und sanft. Er schob sie vor sich her bis zur Mitte des Bettes. Mit ruhigen Händen rollte er sie auf den Rücken, die Art, wie er so leicht mit ihr umging, erschreckte sie. Er spreizte ihre Beine, ein Knie auf jeder Seite ihrer Hüften. Sie starrte zu ihm hoch. Sein Kiefer war kräftig, dunkel beschattet, und seine Lippen verzogen sich leicht zu einem Lächeln.

Er streichelte ihr Haar. „Vertraust du mir, dass ich dir nicht wehtue, Jessica?"

Sie nickte und er wartete, bis sie flüsterte: „Ja, Sir."

„Gutes Mädchen." Seine Augen blieben auf ihre gerichtet, er nahm ihre Hand, hob sie hoch zum Kopfende des Bettes und wickelte ein weiches Band darum. Dann um die andere Hand. So schnell, so leicht, und dann legte er sich neben sie.

Als seine Augen die ihren verließen, fühlte sie Angst aufblühen. Sie zog an den Gurten und wurde sich bewusst, dass sie völlig ausgeliefert war. *Gott, was hatte sie getan?* Sie war nackt und er war ... sie kannte ihn nicht einmal. „Nein, ich will das nicht. Lass mich gehen."

„Jessica, sieh mich an." Er umfasste ihre Wange mit einer großen Hand und zwang sie so, seinem dunklen Blick zu begegnen. Seinem gleichmäßigen, geraden Blick. „Vertrau mir, dass ich mich um dich kümmere, Kätzchen. Kannst du das tun?"

Ihre Panik ging ein wenig zurück, umso mehr, als er ihr einen sanften Kuss auf die Lippen gab und ihre Schläfe liebkoste. Sie hatte noch nie jemanden getroffen, der so eine Wirkung auf sie hatte. Sie vertraute ihm wirklich, weit mehr, als es Sinn machte. Sie seufzte akzeptierend, hörte auf, gegen die Fesseln anzukämpfen, obwohl ihr Körper starr blieb.

Als sie dort lag, die Hände über ihren Kopf gebunden, stand er da und zog sich aus, nicht eilig, nur genauso effizient, wie er anscheinend alles tat. Oh, er war ohne Kleidung genauso umwerfend, wie sie es sich vorgestellt hatte, seine Haut leicht gebräunt und straff über den darunter liegenden Muskeln. Ihre Augen fielen tiefer und sie errötete. Seine Erektion war riesig, dick und hart ragte sie ihr entgegen, sowohl Drohung als auch Versprechen.

Er folgte ihrem Blick. „Wie du sehen kannst, freue ich mich darauf, mich in deiner glatten Muschi zu vergraben und dich überall um mich herum zu spüren."

Ihr Innerstes klammerte sich an seine Worte, als hätte es einen eigenen Verstand, der es für die Invasion erhitzte und befeuchtete.

Nachdem er sich ein Kondom übergezogen hatte, gesellte er sich zu ihr ins Bett. Auf einem Ellbogen lehnend, streichelte er ihre Wange und neckte ihre Lippen mit einem zarten Kuss, der schnell heißer wurde. Seine Zunge nahm von ihr Besitz, glitt sanft in ihren Mund und zog sich wieder zurück.

Und sie fühlte die Hitze zurückkehren, als er mit ihrem Mund spielte, seine Finger ihren Nacken liebkosten und über ihre Brüste strichen.

Dann bewegte sich seine Hand weiter nach unten. „Du bist wie ein Weihnachtsgeschenk" – seine Stimme war weich und dunkel – „beschenkst mich mit solch verlockenden Freuden. Deine Brüste sind wunderschön." Er hob jede einzelne an und genoss offensichtlich das Gewicht in seiner Hand, ließ die Finger über die Unterseite wandern, umkreiste jede Brust, bis die Brustwarzen sich zu harten Knospen zusammenzogen, die schmerzhaft danach verlangten, berührt zu werden.

Sie wölbte sich ihm entgegen, versuchte ihm näher zu kommen, und er lachte leise.

Seine Finger schlossen sich um ihre rechte Brust, strichen über die winzigen Erhebungen des Warzenhofes, bis sie sich noch weiter zusammenzogen. Als er ihren Nippel in seinen Mund zog und seine heiße, feuchte Zunge kreisen ließ, zitterte sie. Seine Zähne schlossen sich und er saugte. Sie keuchte. Es war ein Gefühl an der Grenze zum Schmerz und das Vergnügen schoss wie ein Stromschlag direkt in ihr Innerstes.

Sie versuchte ihre Hände herunterzunehmen, wollte ihn berühren, aber die Fesseln hielten sie davon ab. Sie realisierte wieder, dass sie sich nicht bewegen konnte; sie konnte ihn nicht davon abhalten, alles von ihr zu nehmen, was er wollte. Ihr Atem stockte, als ihre Erregung noch eine Ebene höher stieg.

Er bewegte sich zur anderen Brust, während seine Finger weiterhin mit der ersten spielten. Er nahm sie in den Mund, saugte fest daran, bis die Brustwarze aufrecht und dunkelrot dastand.

„Sehr hübsch", murmelte er anerkennend und rutschte nach unten. Sein Mund presste sich auf ihren Bauch, knabberte und küsste ihn, bis sie sich unter seiner Berührung wand und ihr Herz mit jedem Zentimeter schneller schlug.

Er kniete sich zwischen ihre Beine, schaute sie an ... schaute ihre Muschi an. Sie wurde rot. Warum hatte er den Raum nicht abgedunkelt? Sex war eine Sache, angesehen zu werden eine andere. Dieser Bereich sollte privat sein.

Er neigte seinen Kopf, sein Finger strich hinunter über ihren Bauch zum Scheitel ihrer Spalte, und sie schnappte nach Luft und zerrte an ihren Fesseln. Er beobachtete sie, als er ihr Bein noch ein wenig nach außen schob. Sie fühlte sich entblößt und verwundbar unter seinem Blick und widersetzte sich, unfähig, sich selbst zu helfen.

„Ich glaube nicht, dass du mir leicht gehorchen wirst", sinnierte er. „Du bist zu schüchtern."

Sie hatte das Gefühl, dass sie wusste, was auf sie zukam. Er würde jetzt ihre Beine festbinden. Sie hatte davon

gehört, mit ausgestreckten Armen und Beinen festgebunden zu sein. Ihr Atem beschleunigte sich, als sie sich
einzureden versuchte, dass es Spaß machen würde. Schließlich wusste sie, was kommen würde.

Um seine Augen bildeten sich Fältchen, als er ihr zulä-
chelte. „Vielleicht also nicht an Armen und Beinen."

Er griff unter die Matratze und zog einen breiten Gurt
heraus, der an der Seite des Bettes befestigt war. Nachdem
er das weiche samtbezogene Material knapp über ihrem
Knie herumgewickelt hatte, schob er ihr Bein nach oben
und dann nach außen und zog das Seil stramm.

„Hey." Ihre Augen weiteten sich, als er das Gleiche mit
dem anderen Bein tat, und dieses Mal versuchte sie sich zu
wehren, aber er war schon fertig, bevor sie sich von dem
Schock erholt hatte. Statt ihre Beine ausgestreckt zu lassen,
hatte er sie angewinkelt und nach außen gezogen, sodass
ihre Muschi in die Luft ragte.

„Jetzt bist du offen für mich", sagte er und sah ihr dabei
direkt in die Augen. „Offen für alles, was mein Mund oder
mein Schwanz von dir will." Unheimlich langsam schob er
seine Finger zwischen ihre Falten, nahm die Nässe dort auf
und verteilte sie. „Diese hübsche kleine Muschi gehört jetzt
mir."

Sie starrte ihn an und zitterte, als ihr Verstand leer
wurde. Sie war gefesselt und hilfloser, als sie sich jemals
vorgestellt hätte. Ihre Beine zuckten nutzlos, unfähig, sich
zu schließen, zu bewegen. Ihre üblichen Gedanken, was sie
anfassen sollte, wie sie sich bewegen sollte ... alle Entschei-

dungen waren ihr abgenommen worden, er hatte sie alle getroffen. Die Erregung legte sich wie eine warme Hand über ihre gesamte untere Hälfte, und die Feuchtigkeit tropfte zwischen ihren Beinen und gab ihren Wunsch seinem Blick preis.

Seine warmen Hände strichen über ihre Beine, hinauf und hinunter, massierten ihre Waden. Als er die zarte Falte zwischen Schambein und Oberschenkel streichelte, zuckte sie. Ihr Innerstes zog sich zusammen. Er lehnte sich vor, knabberte an ihrem Bauch, sein Atem wanderte warm über ihre Haut.

Seine Finger berührten nur ganz leicht ihre Klitoris, da explodierte schon das Verlangen in ihr. Sie bebte, ihr Innerstes brannte fast schmerzvoll.

„Bitte", flüsterte sie und wusste dabei nicht recht, was sie wollte.

Er sah stirnrunzelnd hoch. „Wer?"

„S-Sir, bitte." Sie brauchte etwas, brauchte es so sehr, dass es schmerzte, ihr Inneres pochte sehnsüchtig.

„Ah, ich mag bitte." Seine großen Hände wickelten sich um ihre Oberschenkel, hielten sie so fest wie die Riemen, und sein Kopf tauchte ein. Seine Zunge leckte in sie hinein und sie schrie vor Überraschung auf, zu schnell war sein gekonntes Winden verschwunden. Aber dann fand seine Zunge ihren Kitzler, umkreiste ihn und bewegte sich in kurzen Strichen hin und her, sodass ihr bei jeder winzigen Bewegung fast die Luft wegblieb. Sie wollte ihre Hüften nach oben wölben, sich ihm entgegenpressen, doch sie konnte sich nicht bewegen. Sie war offen und unbeweglich unter seiner Berührung.

Plötzlich schob er einen Finger zwischen ihre geschwollenen Schamlippen, in sie hinein.

„Ah, ah!" Ihr Gewebe war so empfindlich, dass er sich riesig in ihr anfühlte. Heiß. Ihre Beine zitterten, als sie sich gegen die Riemen wehrte.

Rein, raus, ein Finger, dann zwei, und dann sein Mund auf ihrer Klit. Seine Zunge streichelte sie, erst weich, dann hart, niemals auf die gleiche Weise, bis jeder Nerv in ihrem Körper auf das nächste Gleiten seiner Finger wartete, auf die nächste Berührung seiner Zunge. Sie keuchte in kurzen, harten Atemstößen.

Und dann schloss sich sein Mund um ihre Klit und er saugte noch stärker, wobei er seinen Finger in sie hineintauchte und wieder herauszog. Sie schrie, als elektrische Stöße sie mit der Brillanz eines Feuerwerks durchschossen. Ihr Innerstes verkrampfte sich um seine Finger, ihre Hüften zuckten unkontrolliert.

Sie konnte ihr Schreien noch durch den Raum hallen hören, als sie die Augen öffnete und realisierte, dass er hochgekommen war und nun neben ihr lag. Sein Blick lag unbewegt auf ihrem Gesicht.

„Oh ...", flüsterte sie, selbst erstaunt über ihre Reaktion. Noch nie zuvor hatte sie so etwas gefühlt, dies war so anders als ihre kleinen vergnügten Orgasmen, so wie sich ein Nachmittagsschauer zu einem Tropensturm verhielt.

Ihre Hände waren immer noch angebunden, und sie

wollte sich bewegen, ihn berühren. Sie zog an den Riemen.

„Lass mich frei", befahl sie.

Er schenkte ihr ein langsames Lächeln. „Bald, Kleines. Aber ich glaube, ich mag deine Hüften in dieser Position." Er bewegte sich ganz nach oben und langte nach unten, um ihre Muschi zu berühren. Sie zitterte, als seine geschickten Finger ihren Kitzler, ihre Schamlippen reizten. „Du bist so offen."

Er bewegte seinen Schwanz in ihrer Nässe auf und ab und erzeugte kleine Zuckungen in ihr. In ihre Augen starrend, drückte er langsam und fest in sie hinein, hart und heiß und dick, und füllte sie gänzlich aus. Mehr als komplett, tiefer, als in dieser eigenartigen Position angenehm gewesen wäre. Sie schnappte nach Luft, versuchte zu verschwinden, wegzugehen.

KAPITEL SIEBEN

Z acharys Hoden knallten gegen das Gesäß der kleinen Sub, ein winziger angenehmer Stoß, der ihn bis zum Anschlag einhüllte. Sie war glatt und heiß und eng um ihn herum. Von ihrem Körper und ihrem Geist konnte er ihr Unbehagen über seine Größe spüren, und er hielt inne, um ihr etwas Zeit zum Anpassen zu geben. Ihre vollen Brüste streiften seinen Oberkörper und er lehnte sich zurück, um an einer zu knabbern. Er bezweifelte, dass er je genug von ihren Brüsten bekommen würde.

Ihre Muschi zog sich um ihn herum zusammen, als er zuerst an einer saftigen Brustwarze saugte, dann an der anderen, mit jeder spielte, bis er fühlte, dass ihr Körper reagierte und mehr wollte.

Er gab ihr mehr. Ihre Hüften waren nach vorne gekippt und er korrigierte seine Bewegungen, sodass er bei jedem Stoß, jedem exquisiten Gleiten in ihren Körper ihre Klitoris berührte. Innerhalb einer Minute bebte sie unter ihm, eine weitere Minute und sie stöhnte tief und inbrünstig, ihre grünen Augen waren blind vor Leidenschaft.

Sie hatte so viel Leidenschaft in sich verborgen, und das Vergnügen, diese hervorzulocken, war berauschend. Mmmh, aber sie hatte noch mehr zu geben. Er pumpte weiter in sie, hart und kontrolliert. Mit einer Hand befreite er ihre Arme aus den Fesseln. Befriedigung erfüllte ihn, als sie sich wie ein Ertrinkender an ihn klammerte.

Ihre Hände glitten über seinen Rücken, dann gruben sich ihre Fingernägel in seinen Bizeps, als seine Stöße schneller und kräftiger wurden.

Ihr Atem ging schnell und flach, unterbrochen von winzigen Wimmerlauten, die angenehmen Klänge der Unterwerfung. Sie war sehr nahe. Seine Hand bewegte sich nach unten und er strich mit einem Finger über ihre Klitoris.

Ihr Schreien erfüllte den Raum, während sich ihre enge Muschi um ihn verkrampfte.

Er ließ sich gehen und jedes intensive befriedigende Zucken seines Schwanzes ließ sie wieder und wieder kommen. Erschöpft lehnte er schließlich seine Stirn an ihre, ein wenig schockiert darüber, wie überwältigend seine Erlösung gewesen war.

Nachdem er tief Luft geholt hatte, stemmte er sich hoch. Sie bewegte sich nicht. Ihr Herz schlug so heftig, dass ihre Brüste mit jedem Schlag zitterten. Er befreite ihre

Knie und lachte leise, als ihre Beine nach unten rutschten, die Muskeln schlaff wurden.

Er rollte zur Seite, blieb in ihr, genoss die kleinen Zuckungen ihrer Muschi um ihn herum. Er zog sie näher an sich heran, weich und duftend lag sie in seinen Armen. Zuneigung und mehr erfüllten ihn. Er konnte sich nicht erinnern, wann er Sex mehr genossen oder wann er sich so zu einer Frau hingezogen gefühlt hätte.

Als ihr Atem langsamer wurde, als er fühlen konnte, wie ihre Gefühle in ihrem Kopf herumwirbelten, fragte er sanft: „Wie fandest du es, gefesselt zu sein, offen für mein Vergnügen?"

Er sah, wie schockiert sie über seine Frage war, darüber, dass er über solche Dinge sprechen wollte, und musste sein Grinsen in ihren Haaren verstecken. Diese Unschuld stand so im Kontrast zu ihrem scharfen Verstand, genauso wie ihre Bescheidenheit die feurige Leidenschaft darunter verbarg. Die Mischung verzauberte ihn.

„Ich ... hmmm. Es ist ziemlich ungewöhnlich."

„Wann war das letzte Mal, als du schreiend gekommen bist?", flüsterte er.

Jessica schluckte. Seine Hand hatte sanft ihre Brust gestreichelt, als würde er es genießen, ihre Haut zu spüren, und sie hatte sich gut gefühlt, bis er jene Fragen gestellt hatte. Hatte er tatsächlich erwartet, dass ihre Gefühle so offen für ihn waren, wie ihr Körper soeben gewesen war? Sie vergrub ihr Gesicht in seiner Brust, anstatt zu antworten.

Er kniff ihre Brustwarze, ein winziger Schmerz, und ihr stockte der Atem.

„Antworte mir, Jessica." Seine Stimme war kalt, und als sie aufblickte, waren seine Augenbrauen zusammengezogen.

„Noch nie, okay?", murmelte sie, ebenfalls verärgert über ihn. *Ihre Orgasmen waren ihre Sache, nicht seine.*

„Wenn wir so zusammen sind, wirst du keine Geheimnisse vor mir haben", sagte er, ohne seinen Blick von ihr zu lassen. „Du wirst weder deinen Körper noch deinen Geist verstecken."

Ihr lief ein Schauer über den Rücken und sie fühlte sich entblößter als in dem Moment, als ihr Hintern für alle sichtbar in die Luft gereckt war. Seine Hand strich über ihre Wange, ihren Hals. „Du fandest es ein wenig beängstigend, gefesselt zu sein, aber sehr aufregend, nicht wahr?"

Sie wandte die Augen ab und nickte. *Warum fragte er, wenn er die Antwort wusste?*

Er beobachtete sie einen Moment lang, ruhig, lange genug, dass sie sich Sorgen machte. Hatte er noch mehr geplant? Was könnte er sonst noch mit ihr tun? Sie zitterte, als ihr Verstand erschreckende ... unanständige ... *verlockende* Bilder hervorzauberte.

„Und nun beginnst du dich zu fragen, welche anderen Dinge in diesem Raum geschehen könnten. In diesem Haus." Seine Augen leuchteten sündhaft. Sein Mund verzog sich vor Genugtuung, als ihre Muskeln sich aus Beängstigung und Hunger anspannten.

„Lass mich zuerst ein wenig frisch machen", sagte er und verschwand im Badezimmer.

Ohne ihn war ihr plötzlich kalt, sie setzte sich auf und schlang die Arme um sich. Ihr Körper war befriedigt, aber ihre Gefühle ... sie fühlte sich sehr verwirrt. Hatte sie nicht bekommen, was sie wollte?

Aber waren es er und sein Können, die diese Reaktion bei ihr hervorgerufen hatten? Oder war es, weil sie gefesselt gewesen war? Wie konnte sie sich mit ihrem eigenen Verhalten arrangieren? Dass sie sich tatsächlich von ihm hatte festbinden lassen und dass es ihr gefallen hatte?

Sie sollte jetzt wirklich nach Hause gehen, dachte sie kläglich und sehnte sich gleichzeitig danach, in seine Arme zurückzukehren.

Als er zurückkam, schüttelte er den Kopf. „Kleine Sub, du grübelst schon wieder und machst dir Sorgen. Zeit, dich arbeiten zu lassen."

Arbeiten? Das Badezimmer schrubben oder –?

„Knie dich hin."

Sie blinzelte, sah Anzeichen eines Stirnrunzelns auf seinem Gesicht und krabbelte vom Bett. Sogar als sie sich auf die Knie niederließ, protestierte ihr Verstand. Sie war eine kluge Frau, eine Geschäftsfrau. Sicher war dies keine Position, in der sie sich befinden sollte.

Ihr Körper stimmte nicht zu. Sie konnte fühlen, wie ihr Herz sich beschleunigte und ihre Haut empfindlicher wurde. Jede kleinste Faser des weichen Teppichs schien ihre Beine zu streicheln.

„Sehr schön." Er stand vor ihr und strich ihr übers Haar. „Nimm meinen Schwanz in deinen Mund und lecke ihn."

Ihr Mund fiel auf. „Aber –"

„Was sagst du?"

Er war nur halb erigiert. „Ähm. Ja, Sir."

Er legte einen Finger an ihr Kinn und hob ihr Gesicht. „Hast du das schon einmal gemacht, Kätzchen?"

„Zweimal. Ich war nicht sehr gut darin", gab sie niedergeschlagen zu. Ihr letzter Freund hatte vernichtende Kommentare über ihre Leistung beim Oralsex abgegeben. Verdammt, bei jeder Art von Sex.

Master Zs Augen verengten sich. „Warum legst du nicht diesen warmen, weichen Mund um meinen Schwanz. Du fängst an und ich werde dich bei Bedarf instruieren."

Er mochte ihren Mund. Das gab ihr genug Ermutigung, ihn anzufassen. Sein Schwanz war weich, die Spitze seidenzart, als sich ihre Lippen darum schlossen.

Zu ihrer Freude summte er anerkennend. Sanft bewegte sie ihren Mund über seinen Schaft und spürte, wie er steif wurde und sich streckte. Die lose Haut straffte sich über der darunter liegenden Härte und sie nahm ihren Mund weg, um ihn anzustarren. Als er sie zuvor genommen hatte, hatte sie gefühlt, dass er riesig sein musste – das war er.

Leise lachend strich er ihr übers Haar. „Mach weiter, Kätzchen."

Wenigstens bereitete sie ihm so viel Vergnügen, dass er hart wurde. Das war doch was, oder? Sie ließ ihre Lippen auf und ab gleiten, befeuchtete ihn mit ihrem Mund.

„Benutze deine Zunge", murmelte er. „Stell dir vor, es wäre meine Zunge an deiner Klit. Der einzige Unterschied liegt in der Größe."

Oooh, sie erinnerte sich daran, wie sich sein Mund auf ihr angefühlt hatte, wie seine gierige Zunge über sie geleckt hatte, rundherum ... Der Gedanke daran ließ sie feucht werden und ihre Klitoris pochen. Mit wachsendem Verständnis leckte sie über die Unterseite seiner Erektion, spielte mit den dicken Adern, wirbelte um die Spitze. Dann nahm sie ihn wieder vollständig in den Mund, saugte leicht, genau so, wie er an ihrer Klit gesaugt hatte.

Seine Hand straffte sich in ihrem Haar. „Aaah, das ist perfekt, Jessica. Jetzt benutze auch deine Hände."

Hände? Eine Hand um seinen Schwanz, zog sie den Kopf zurück und schaute ihn an. Er grätschte seine Beine leicht und seine Eier schwankten und zogen ihre Aufmerksamkeit auf sich. Schon immer wollte sie einen Mann dort berühren, erfahren, wie sie sich anfühlten. Sie schob eine Handfläche unter einen Hoden, hob ihn an, strich mit den Fingern darum. So schwer und so weich. Es schien ihm zu gefallen, trotzdem erkannte sie, dass sie ihn nicht so verrückt machte, wie er es mit ihr getan hatte.

Sie wollte ihn wirklich so weit bringen, dass er kam.

Sie lenkte ihre Aufmerksamkeit zurück zu seinem Schwanz, leckte sich den Weg zurück nach oben, dann fasste sie ihn mit beiden Händen an der dicken Wurzel. Sie drückte leicht und die Muskeln seiner Oberschenkel strafften sich. Ja! Sie nahm ihn erneut in den Mund, ließ ihn hinein- und wieder herausgleiten, und ihre Hand schob sich dazu auf und ab. Er wurde härter, dicker, und ihre Zufriedenheit war berauschend, fast so berauschend wie das Verlangen, das zwischen ihren Beinen wuchs, der Wunsch, ihn in sich zu haben.

Ihr eifriger Mund würde seinen Tod bedeuten. Heiß und feucht. Ihre ungeschickten Bewegungen machten es nur noch schlimmer, richteten seine Aufmerksamkeit auf sie und das, was sie tat. Als das dringende Verlangen, in sie einzudringen, ihn überwältigte, legte er seine Hände auf ihre Schultern. „Du bist sehr gut darin und wirst nur noch besser. Aber ich bin noch nicht fertig mit dir. Auf das Bett, Kätzchen."

Sie schlug ein letztes Mal mit der Zunge gegen seinen Penis, strahlte mit einem glücklichen Lächeln zu ihm hoch und krabbelte aufs Bett. Ah, die Prinzessin fühlte sich jetzt besser unter Kontrolle. Er war erfreut, dass sich ihr Wohlbefinden erhöht hatte.

Trotzdem würde es ihr nicht guttun, sie auf banale Weise zu nehmen. Sie war eine starke Frau, deren tiefste Reaktionen sich zeigten, wenn sie am verwundbarsten war.

Aus dem Schrank holte er Klettbänder und Seile sowie ein weiteres Kondom, das er sich schnell überzog. Als er mit den Fesseln zurück zum Bett ging, sah er Angst und Beklommenheit in ihren Augen wachsen. Er spürte den Hauch von Unsicherheit in ihrem Kopf. Sie saß mit geschlossenen Beinen da, ihr schneller Atem bewegte ihre Brüste.

„Gib mir deine Handgelenke", murmelte er und wartete geduldig ihr Zögern ab. Er schätzte die Art, wie sie ihre Handgelenke in seinen Griff legte. Ihr Vertrauen in ihn war gewachsen. „Gutes Mädchen." Nachdem er die Klettbänder um ihre Gelenke geschnallt hatte, klemmte er sie zusammen und zog ein Seil durch die Glieder. Er hob sie hoch, drehte sie herum und platzierte sie auf ihre Hände und Knie. „Beweg dich nicht, Kätzchen", warnte er und streichelte ihre Brust. Ihr Herz schlug unter seinen Fingern und wurde immer schneller.

Es gab nur einen schmalen Grat zwischen der Angst, die erregte, und der Angst, die die Sinne lähmte. Aber er fühlte, dass ihre zunehmende Erregung ihre Besorgnis überwand.

Er machte eine Pause, um über ihr Haar zu streichen. Es war lang genug, um es um sein Handgelenk zu winden und weitere Ablenkungen in den Sinn zu bringen. Die seidigen Strähnen waren eine Mischung aus verschiedenen Goldtönen und rutschten über ihre helle Haut, als er sie über eine nackte Schulter schob. Er knabberte an ihrem Nacken und war erfreut zu sehen, dass ihre Arme eine Gänsehaut bekamen. Ihr Körper war sensibilisiert und wartete auf alles, was er tun würde.

Nachdem er einen breiten Riemen um ihr rechtes Knie geschlungen hatte, zog er ihre gefesselten Hände unter ihr hervor und ließ sie auf einer Schulter balancieren, den Kopf zur Seite gedreht. Lächelnd band er ihre Hände am Knieriemen fest.

Ihr Arsch reckte sich nach oben und zeigte ihre

Vorzüge. Vielleicht würden sie eines Tages dieses neckische kleine Poloch erkunden. Fürs Erste liebkosten seine Finger die kleinen Grübchen rechts und links ihrer Wirbelsäule, bevor er seine Hände auf die hübschen Arschbacken legte, die vom Paddling immer noch ein wenig geschwollen waren. Ein Schauer lief durch ihren Körper.

Kopf unten, Hintern in der Höhe, bewegungsunfähig. *Kommt mir das nicht bekannt vor?* fragte sie sich unglücklich. Ihre Hände lagen zwischen ihren Beinen, an die Innenseite ihres rechten Knies gefesselt. Sie zog an den Fesseln – ohne Erfolg. Die Unfähigkeit, sich zu bewegen, schickte einen unerwarteten Schauer des Verlangens wie einen Blitz durch sie hindurch. Die Angst ließ ihr Herz in der Brust pochen, als sie versuchte zu sehen, was er machte, was er vorhatte. Ihre Haut, sogar ihr Innerstes war angespannt, wartete auf seine Berührung.

Und dann schlossen sich seine Hände auf ihrem Hintern, und sie keuchte und bebte. Er massierte und streichelte ihre immer noch empfindlichen Arschbacken, wo der Schmerz weilte. Sie schüttelte sich unter der Berührung seiner Finger, der leichte Schmerz und die Erregung flossen zusammen und benetzten sie zwischen ihren Beinen. Sie wollte mehr.

Während eine Hand ihren Hintern neckte, erweckte die andere ihre Muschi und glitt durch ihre Säfte. Mit einem sanften Finger fuhr er durch ihre Falten und nach oben, um mit ihrer empfindlichen Klit zu spielen. Sie versuchte sich zu winden, doch seine Hand hielt sie fest. „Beweg dich nicht, Kleines."

Sein Finger glitt durch ihre Scheide, seine Berührungen neckten sie und sie fühlte, wie ihre Klitoris anschwoll. „Dein süßer kleiner Kitzler ist genau wie mein Schwanz", murmelte er. „Weich, bis er gestreichelt wird, und jetzt fühle, wie er härter wird. Und größer."

Die gnadenlose Berührung hielt an, bis ihr ganzer Körper vor Verlangen nach mehr pochte. Als seine Hand sich entfernte, stöhnte sie.

„Ich will diesen Bereich nicht vernachlässigen." Seine sicheren Finger berührten ihre Öffnung von außen, dann bohrte er durch die geschwollenen inneren Schamlippen in ihre Nässe. Sie rang nach Atem, als sich die Empfindungen von ihrer Klitoris bis zu ihrem Kern ausbreiteten. Wo immer er sie berührte, wurde sie sensibel und brannte vor Verlangen.

Sie zog sich verzweifelt um seine Finger zusammen, versuchte so, ihn zu halten, als seine Finger sich hinein- und wieder herausschoben.

„Mehr", krächzte sie.

Er hörte auf, nahm seine Hand von ihr.

Ihre Vagina pulsierte schmerzhaft und sie wimmerte.

„Wie nennst du mich?", fragte er geduldig.

„Sir. Sir, bitte berühre mich."

„Besser." Plötzlich war sein Mund dort, wo seine Finger zuvor waren. Seine glatte, heiße Zunge schnippte über ihre

Klit, neckte ihren Schlitz mit wirbelnden Bewegungen, die sie in Schauer versetzten.

Sie keuchte, so nah, so nah, und dann entfernte er sich wieder, und sie stöhnte und ihre Hände schlossen sich zu Fäusten.

Er lachte leise, dann fuhr sein Schwanz mit einem harten Stoß tief in sie hinein.

Sie schrie, als ihre Welt um sie herum zersplitterte, als sie sich rund um seine Dicke verkrampfte und so sehr zitterte, dass ihre Beine schwach wurden. Seine Hände hielten sie an Ort und Stelle, packten ihre Hüften und hielten sie fest an sich gedrückt.

Er fühlte sich in dieser Position noch größer an, und jetzt krümmte sie sich und versuchte zu entkommen. Es war, als hätte sein Schwanz sie komplett ausgefüllt, bis zu ihrem Gebärmutterhals, und sie wimmerte wieder, Unbehagen und Sehnsucht vermischten sich in ihr.

„Schhh, warte, meine Kleine, warte einfach", murmelte er. Als er sich über sie beugte, rutschte sein Schwanz tiefer hinein, und entlockte ihr ein weiteres Keuchen. Er stützte sich mit einem kräftigen Arm neben ihrer Schulter ab und seine andere Hand spielte mit ihren Brüsten. Er rollte ihre Brustwarzen sanft zwischen seinen schwieligen Fingern, bis ihre Brüste straff und geschwollen waren und fleischliche Botschaften an ihre Leistengegend sandten.

Ihre Hüften wackelten leicht, als ihre Vagina um seinen Schwanz herum bebte und sich an seine Größe anpasste. Er begann sich zu bewegen, jedes Gleiten hinein und heraus ließ sie keuchen, und dann stöhnte sie, als sich die Empfindungen auftürmten wie Berggipfel über Berggipfel. Seine Hand lag auf ihrer Brust, seine Lippen liebkosten ihren Rücken, und sein Schwanz war groß und dick in ihr. Er versank so tief zwischen ihren sensiblen Falten, dass seine Eier gegen ihre Muschi schlugen und winzige Stromschläge durch sie schickten.

Zuerst langsam, steigerte er sein Tempo von einem sinnlichen Gleiten zu einem harten, kraftvollen Pumpen. Sie konnte sich nicht bewegen, ihre Hände waren immer noch gefesselt, sie konnte nur seinen Angriff ertragen. Das Gefühl von Hilflosigkeit durchdrang sie und steigerte jede Empfindung. Ihre Beine zitterten unkontrolliert, ihr gesamter Körper schauderte, als jeder gnadenlose Stoß lustvolle Blitze durch sie schickte. Wieder war sie so nah dran. Ihre Muschi straffte sich um ihn herum, ihre Hände schlossen sich zu Fäusten.

Dann verließen seine Finger ihre Brust, und plötzlich streichelte er ihre Klitoris. Mit jedem Stoß seines Schwanzes in ihren Körper pulsierte sein Finger über ihre zarte Klitoris, immer und immer wieder.

Sie schrie, als sie härter kam als zuvor, enorme Zuckungen in ihrem Inneren schüttelten sie durch wie ein Hurrikan, Feuer strömte durch sie bis zu den Fingerspitzen.

Er zog sich zurück, packte ihre Hüften und fuhr in sie hinein, als ihr Schoß sich um ihn herum verkrampfte.

„Kätzchen, du könntest mein Tod sein", knurrte er, und dann spürte sie seinen Schwanz rucken, als er hart in ihr kam. „Danke, kleine Sub." Er liebkoste ihren Nacken, ihre Schulter, bevor er sich sanft aus ihr zog. Sie wimmerte wie ein Welpe wegen der plötzlichen, schockierenden Leere.

Er verschwand für eine Sekunde, um das Kondom zu entsorgen.

Sie hatte die Augen geschlossen, konnte ihn nicht sehen, spürte nur seine Hände, als er sie zur Seite rollte und die Fesseln löste.

„Komm her, mein Kleines", murmelte er und zog sie über sich wie eine schlaffe Decke. Er nahm ihre Lippen in einem zärtlichen Kuss gefangen, dann legte er ihren Kopf in die Mulde seiner Schulter und sie fand dort nichts, dem sie sich hätte widersetzen können. Seine Brust war feucht vor Schweiß, schlüpfrig unter ihrer Wange, salzig auf ihrer Zunge, als sie darüberleckte.

Durch die Muskeln, die seine Brust bedeckten, konnte sie sein Herz in regelmäßigem Rhythmus schlagen hören, ganz anders als ihr rasender Puls.

Seine Hände streichelten ihren Rücken mit schockierender Sanftheit, nachdem er sie so hart genommen hatte. Ihr Körper fühlte sich missbraucht, zittrig. *Wundervoll.*

In ihrem Kopf fühlte sie genauso. Was war los mit ihr, dass ein Mann sie so behandeln konnte und sie darauf ansprang? So hart kam, dass sie schrie und komplett die Beherrschung verlor?

Sie hatte sich immer unter Kontrolle, verdammt, sie war Buchhalterin.

„Im Bett die Kontrolle zu haben, ist nicht alles, besonders für eine Frau", murmelte er.

Sie versteifte sich ein wenig. *Er konnte wirklich Gedanken lesen, oder?*

„Anscheinend erwartet die Welt von euch heutzutage, dass ihr euch um alles kümmert: um euch selbst, eure Familien, eure Kinder, eure Jobs ... Wer kümmert sich um dich, Jessica?"

Ich mach das, dachte sie. Nur ich. Aber gefesselt zu werden bedeutete doch nicht, dass man sich um sie kümmerte, oder? Sie runzelte die Stirn, erinnerte sich an seine erfahrenen Hände, die Art, wie er sie so genau beobachtet hatte, wie er anscheinend genau gewusst hatte, wie er sie an ihre Grenzen bringen konnte. Wurde sich da nicht um sie gekümmert?

Mit Mühe hob sie ihren Kopf, um ihn anzusehen, und begegnete seinen dunklen Augen, die sie studierten. Und dann grub er seine Hände in ihr Haar − genau wie jener Dom es auf der Tanzfläche mit seiner Sub gemacht hatte − und nahm ihren Mund so süß, so gründlich, dass es sich anfühlte, als wäre sie nie zuvor geküsst worden.

Sie ist wie ein Kuscheltier, dachte er, lauschte, wie ihre Gedanken verblassten und sie der Schlaf übermannte. Wie der weichste aller Teddybären lag sie auf ihm, ihre Brüste pressten sich wie ein Polster an seinen Oberkörper, ihre Hüften bildeten einen anmutigen Hügel im Dämmerlicht.

Kuschelweich und ein Schreihals. Ihr Schock, als sie entdeckt hatte, wie weit die Leidenschaft sie bringen konnte, hatte ihn entzückt, und er wollte ihr leises Stöhnen, ihr kleines Wimmern und ihre berauschenden Schreie immer wieder hören. Er strich ihr übers Haar, es war weich und seidig mit kleinen Locken an den Spitzen. Ihr Duft umhüllte ihn, eine leichte Mischung aus Vanille und Weiblichkeit; auf seiner Zunge hatte sie nach Pfirsichen geschmeckt. Er war noch nie so zufrieden damit gewesen, einfach still dazuliegen und das Nachglühen zu genießen.

Die Zufriedenheit wurde gedämpft durch den Gedanken, dass dies alle Zeit gewesen sein könnte, die er je mit ihr haben würde. Sie würde nicht ganz so zufrieden mit dem sein, was heute Nacht hier passiert war, wenn sie wieder in ihre eigene Welt zurückgekehrt war.

Ihre Welt? Er hatte nicht viel über sie herausgefunden. Womit verdiente sie ihren Lebensunterhalt? Sie war nicht verheiratet oder mit jemandem zusammen, dazu hatte sie zu viel Integrität. Ihre unbedingte Ehrlichkeit zog ihn an wie eine Motte das Licht.

Tatsächlich hatte er eine lange Zeit niemanden gefunden, dessen Gedanken und Gefühle so einnehmend waren. Beruhigend. Die meisten Menschen waren ein Durcheinander von rauen Gefühlen, aber ihr Verstand verarbeitete Gedanken und Gefühle in linearer Weise, erst diese Emotion, dann jene, jede sauber und einfach.

Dennoch war sie faszinierend, ein Rätsel. Die leichte Freundlichkeit, die sie allen um sie herum zeigte, stand im Kontrast zu ihrer kontrollierten, konservativen Art. Er wollte mehr von ihr erfahren.

Sie kam viel zu früh wieder hoch, setzte sich vor ihm auf

und schüttelte ihr seidenes Haar zurück. Wenn sie oben wäre, wenn er sie nahm, würde ihr Haar auf seine Brust herabregnen. Der Gedanke war verlockend. Aber nein, er musste etwas Zurückhaltung zeigen.

Er schob eine Hand unter seinen Kopf, beobachtete sie. Sie war so anmutig und rund und ihre Brüste schwangen sanft und aufreizend. Er konnte nicht anders, strich mit den Fingerknöcheln über die Unterseiten, kreiste mit dem Finger um ihre Nippel, genoss es, wie sich die Haut dort kräuselte.

„Ich glaube ... es wird bald Morgen?" Ihre Stimme war heiser, ein wenig rau, und er lächelte, erinnerte sich, wie sie, ihrem Höhepunkt nahe, gekeucht hatte. Wie sie geschrien hatte.

„Der Morgen dämmert schon, ja."

„Ich muss ... Ich bin sicher, es ist Zeit zu gehen."

Ah, die Realität hatte sie in der Tat eingeholt.

Jemand hatte tatsächlich ihre Kleidung gewaschen und getrocknet. Wie viele Menschen arbeiteten hier für Sir?

Als sie wieder in ihrer eigenen konservativen Hose und Bluse steckte, ließ das die Nacht weniger real erscheinen. Im Clubraum war es ruhig, ohne jegliche Musik, keine Menschen außer dem Barkeeper.

Er nickte Sir zu und lächelte sie an. Ein freundliches Lächeln, aber sie errötete trotzdem. Ihre Lippen waren geschwollen, ihr Gesicht von Bartstoppeln zerkratzt, ihr Haar verworren. Sie musste sehr benutzt aussehen.

Einen Moment später lächelte sie zurück. *Sehr befriedigt.*

Master Z, ein Arm fest um sie gelegt, schaute zu Cullen. „Immer noch hier?"

„Äh, ja. Sam ließ sich überreden, eine Lehrstunde über die Bullwhip zu geben und jeder Masochist hier stellte sich an in der Hoffnung, ausgewählt zu werden." Cullen grinste. „Das ging bis ziemlich spät. Als ich dann schließen wollte, fand ich jemanden zum Spielen. Ich habe sie vor ein paar Minuten nach Hause geschickt."

Sir runzelte die Stirn. „Dir wird der Schlaf fehlen."

„Besser eine Brünette als Alpträume. Ich werde ihn heute Nacht nachholen." Cullen tat es mit einem Schulterzucken ab. „Aufräumen sollte in etwa 15 Minuten erledigt sein."

„Wie spät ist es?", fragte Jessica.

„Nicht spät, Schätzchen." Der Barkeeper kicherte. „Früh. Es ist fast acht Uhr morgens."

Sie blinzelte. „Ich muss jetzt wirklich gehen."

„Natürlich", murmelte Master Z.

Seltsam, dass sie fast gewollt hätte, dass er protestierte. „Kann ich dein Telefon benutzen?"

„Nicht nötig. Ich habe einen Abschleppwagen bestellt. Und deine Mitfahrgelegenheit sollte auch schon hier sein."

Nach der dunklen Bar schmerzte das Morgenlicht in ihren Augen. Die anhaltenden Sturmwinde trieben niedrige Wolken über den tiefblauen Himmel. Die Palmen, die die lange Auffahrt säumten, schwankten, während Wedel und Trümmer entlang des Asphalts umhergewirbelt wurden. Die Luft war klar, mit einer salzigen Brise aus dem nahen Golf, und Jessica nahm einen tiefen Atemzug, bevor sie sich zu Master Z umdrehte.

Wie verabschiedete man sich nach dem Protokoll von jemandem, der einen gefesselt hatte? Der einen beim Orgasmus zum Schreien gebracht hatte? „Ähm."

Seine Augen tanzten humorvoll angesichts ihrer Unbehaglichkeit. Verdammt, er war so cool und tadellos wie zu Beginn der Nacht. Nur der rauere Bartwuchs beeinträchtigte seine glatte Erscheinung. Er sah aus wie ein gefährlicher Pirat, der sich für einen Abend in London schick gemacht hatte.

Sie wusste verdammt gut, dass sie nicht so gut aussah wie er.

„Danke, dass du mich letzte Nacht gerettet hast", sagte sie. „Und für ... nun ..." Sie wurde rot.

Eine Augenbraue zog sich nach oben und er kam einen Schritt näher und presste einen Kuss auf ihre Handfläche. „Dafür, dass ich deinen Arsch entblößt und geschlagen habe?", fragte er. „Dafür, dass ich dich gefesselt und deinem Körper Vergnügen bereitet habe und dich immer und immer wieder kommen ließ?"

Die glühende Hitze an ihren Wangen verriet ihr, dass sie rot geworden war. Noch beunruhigender war, dass ihr Körper auf seine Worte reagierte, dass sie feucht wurde und innerlich heiß. Gott, sie wollte ihn schon wieder.

Und er wusste das, verdammt. „Es war mir ein Vergnügen, Kleines."

Er fuhr mit den Fingern durch ihr Haar und nahm ihren Mund gefangen, küsste sie lange und verweilend, mit einem neuen Hauch von Zärtlichkeit. Sie seufzte, als er sich zurückzog.

„Würdest du mir deine Telefonnummer geben?", fragte er sanft und musterte sie, seine Augen stahlgrau in der Morgensonne.

„Es ist –" Sie hielt inne. Wollte sie das fortführen? Die Art von Person sein, die solche Dinge machte? Die Nacht war vorbei, und im Tageslicht fühlte sie sich nicht wohl mit der Idee, obwohl sie, wenn sie Master Z nur anschaute, ihn in dieses Zimmer zurückzerren wollte. Und mehr tun von diesen ... Dingen. „Ich –"

Sein Lächeln war schwach. „Ich verstehe. Vielleicht ist es gut, wenn du Zeit hast, darüber nachzudenken. Ich fürchte, du hattest eine ziemlich abrupte Einführung in diesen Lebensstil."

Schuldgefühle krochen unter seinem dunklen Blick durch sie hindurch, fast, als hätte sie ihn verletzt, aber das hatte sie sicher nicht. Ben sagte, er hatte überall Frauen, alle, die er wollte. „Ich habe nicht ..." Sie brach ab, unsicher, was zu sagen blieb.

„Ich hoffe, du kommst zurück, Jessica", murmelte er. „Du bist hier immer willkommen." Er streifte ihre Wange mit einem Kuss, dann drehte er sich um und betrat das

Haus, was sie an einen König erinnerte, der sein Schloss betrat.

Ließ sie mit einem Hauch von Verlust tief in ihrem Bauch zurück.

Okay. Reiß dich zusammen. Sie drehte sich um, suchte nach dem Abschleppwagen und sah nur eine Limousine in der Auffahrt stehen. „Wo –"

„Miss Jessica?" Der uniformierte Chauffeur stand an der Seite des Wagens.

Eine Limousine für sie? Den ganzen Weg zurück nach Tampa? War Sir verrückt? Sie blickte zurück zur Vordertür, dachte an Protest. Sie wusste, sie würde nicht gewinnen, und sie wollte es auch nicht. „Ich bin Jessica."

KAPITEL ACHT

Die darauffolgende Woche verlief für Jessica ziemlich normal: Treffen mit Kunden, Arbeiten am Computer, Durchstöbern schlecht geführter Aufzeichnungen und Anlagenbücher. Aber etwas in ihr hatte sich verändert und war äußerlich genauso offensichtlich wie innerlich.

„Du siehst ... irgendwie anders aus", bemerkte einer ihrer Kollegen, als sie ihm in der Kaffeeküche begegnete.

Sie schaute an sich hinunter. Die gleichen alten maßgeschneiderten Hosen und ein Shirt. Die Haare in einem französischen Zopf. Dezentes Make-up.

„Nein, nicht die Kleidung", sagte er nachdenklich. „Einfach anders. Hey, warum gehen wir nicht nach der Arbeit zusammen was trinken?"

Sehr merkwürdig. Sie waren eine kurze Zeit zusammen ausgegangen und hatten langweiligen Sex gehabt. Er hatte sie verlassen, was ihren Stolz mehr verletzt hatte als alles andere. Schließlich war er der Bürohengst. Und jetzt war sein Interesse zurückgekehrt?

„Danke, aber nein. Ich bin ziemlich beschäftigt zurzeit", antwortete sie.

„Oh, okay." Sein Gesicht zeigte zuerst Verwirrung, dann Schock über die Ablehnung.

Sie war ebenfalls schockiert darüber, dass sie kein Interesse mehr daran hatte, nochmals mit ihm auszugehen. Tatsache war, dass er neben Master Z ziemlich fade wirkte. Hohl wie ein Subway-Sandwich ohne Fleisch innendrin. *Sich nach Master Z zu verzehren, war nicht gut.*

Nachts fühlte sie sich in ihrer winzigen Wohnung noch einsamer als sonst und sie dachte darüber nach, konnte aber nicht sagen, wo der Unterschied zu vorher lag. Auf der Konten-Habenseite stand das Wissen, dass ihr Sexualtrieb lebendig und in Ordnung war, dass sie fantastische Orgasmen haben konnte, genau wie andere Frauen. Die Veränderung war so neu, so bewusstseinsverändernd, dass sie es nicht richtig erfassen konnte. Sie fühlte sich ... sexy.

Aber auf der Sollseite ... *Gut.* In die Couch zurückgelehnt, starrte sie an die Decke. Diese wunderbaren Orgasmen waren entstanden, weil sie gefesselt gewesen war, ein Mann ihr gesagt hatte, was sie tun sollte, und sie dazu gebracht hatte, es zu tun. Sogar als sie jetzt ungläubig den Kopf darüber schüttelte, erhitzte sich ihr Körper und wurde feucht. Bereit für mehr. Wollte mehr.

Ganz sicher wollte sie nicht mehr von diesem Bondage-Zeugs. Aber der Gedanke daran, nie mehr Sex wie diesen zu haben, war ... war wie sich ein Leben ohne Schokolade vorzustellen. Sie legte ihren Kopf in die Hände.

Was sollte sie tun?

Nach sieben Tagen Verwirrung und sechs Nächten erotischer Träume kam der Samstag. Sie war mit der Fantasie eingeschlafen, Master Z wäre hier, seine festen Hände hielten sie fest, sein Mund wäre auf ihr, auf ihren Brüsten, überall. Sie war aufgewacht, verschwitzt und erregt, fühlte noch die Fesseln um ihre Handgelenke, hörte sein leises Flüstern in ihren Ohren.

In ihrer freien Zeit durchforstete sie das Internet nach BDSM. Was sie entdeckte, half nicht dabei, dass sie sich besser fühlte.

Unruhig ging sie jetzt in ihrem Wohnzimmer auf und ab. Zeit für eine Entscheidung. Heute Nacht war Bondage-Nacht. Sie könnte zum Club zurückkehren ... oder auch nicht.

Das war so kompliziert. Sie hatte ihn zurückgestoßen, indem sie ihm ihre Nummer verweigert hatte. Er hatte ihr Auto abschleppen und reparieren lassen, als wäre dies nichts. Er hatte genügend Subs, die ihn umschwärmten. Er hatte sie mit dem Paddle geschlagen und anderen erlaubt, das Gleiche zu tun. Er hatte ihr den besten Sex ihres Lebens beschert und geschafft, dass sie sich schön fühlte.

Er erinnerte sich wahrscheinlich nicht einmal an ihren Namen.

Bei diesem Gedanken hielt sie jedes Mal inne. Was, wenn er sie anschaute, als wäre sie ... niemand? Irgendeine

Kundin. Ein One-Night-Stand, der unerwünschterweise wieder auftaucht. Ihre Arme waren kalt und ihr Magen fühlte sich an, als hätte sie kalten Haferbrei geschluckt. Könnte sie das ertragen?

Sie schüttelte den Kopf. *Nein. Nein, das könnte sie wirklich nicht.* All ihre Argumente verschwanden angesichts solcher Demütigung. Sie konnte nicht wieder hingehen; er würde nicht –

Jemand klingelte an der Tür und sie runzelte die Stirn. Sieben Uhr an einem Samstagabend, wer konnte das sein? Ein Pizza-Bote, der sich in der Adresse vertan hatte?

Sie spähte durch den Türspion – ein Bote – und öffnete die Tür. „Ja?"

„Miss Jessica Randall?"

„Das bin ich."

Er übergab ihr ein weiches Paket. „Einen schönen Abend, Ma'am." Bevor sie antworten konnte, war er schon verschwunden.

Seltsam. Sie hatte nichts bestellt. Nachdem sie die Tür wieder abgesperrt hatte, legte sie das Päckchen auf den Glastisch und riss es auf. Der Umschlag enthielt etwas, das in weiches Seidenpapier eingewickelt war ... ein Nachthemd? Verblüfft hielt sie es hoch. Definitiv ein Nachthemd im Babydoll-Stil. In zartem Pink mit einem Neckholder-Top und mit Spitze umsäumt. Reine Seide.

Noch nie in ihrem Leben hatte sie so etwas getragen. *Was um alles –* Am Boden des Päckchens lag eine Karte. Eine schwungvolle schwarze Handschrift. *Heute ist Dessous-Nacht*

für die Subs. Ich würde dich gern in diesem sehen und sonst nichts.
Master Z.

Oh. Mein. Gott. Ihr Herz schien zu stottern und ihre Beine wurden wackelig. Sie ließ sich auf die Couch fallen. Er wollte sie sehen. Ein Nervenkitzel durchlief sie.

Dann runzelte sie die Stirn. Sie hatte ihm ihre Nummer nicht gegeben, geschweige denn ihre Adresse. Wie hatte er gewusst, wohin er etwas schicken sollte? Natürlich. Der Fahrer der Limousine, ihm hatte sie ihre Adresse genannt. Raffiniert, Master Z.

Einmal mehr hatte er gewusst, wie sie sich fühlte. Andere Männer wären einfach an ihrer Haustür aufgetaucht. Ihr Herz klopfte schwer bei dem Gedanken, Sir zu sehen. Aber er war nicht so aufdringlich. Stattdessen hatte er einen sanften Weg gefunden, sie wissen zu lassen, dass er sie sehen wollte. Ein warmes Gefühl breitete sich in ihrer Brust aus. Er hatte sie nicht vergessen.

Nun lag es an ihr.

Finster blickte sie auf das Geschenk hinunter. *Dieses knappe Ding tragen?* Keinesfalls.

Sie starrte länger darauf. Dann biss sie sich auf die Lippe, zog sich aus und schlüpfte hinein. Kühle Seide schmiegte sich an ihren Körper. Das Neckholder-Oberteil hob ihre Brüste an, bis sie fast überquollen, und nach unten ... nun, sie hatte schon Kürzeres gesehen. *Wirklich.* Aber nicht viel. Obwohl die Spitzen des Taschentuchsaumes vorne und hinten bis zur Mitte der Oberschenkel fielen, reichten die Seiten nur bis zu den Hüften.

Sie entdeckte einen winzigen G-String, der noch im Päckchen gelegen hatte, und ließ ihn von ihrem Finger baumeln. *Das tragen? Wozu sollte das gut sein?* Sie schritt zum Spiegel. Das Negligé sah wirklich hübsch an ihr aus, oder nicht? Sie wirbelte herum, sodass der Saum mit ihren Beinen flirtete. Sie hatte schon weniger bescheidene Outfits bei Junggesellinnen-Abschieden gesehen. Er hatte nichts geschickt, das sie vollkommen nuttig aussehen ließe.

Eigentlich konnte sie sich auch nicht vorstellen, dass Master Z irgendetwas Vulgäres schicken würde.

Sie drehte sich erneut. Wenn sie ihr Haar offen ließe, würde es einen Großteil des Dekolletés bedecken. Für die Fahrt könnte sie einen Mantel tragen und ihn in der winzigen Garderobe lassen. Ihre Hände begannen zu schwitzen.

Zog sie das wirklich, wirklich in Betracht?

Zachary wanderte durch den Club, nickte den Stammgästen zu. Der Laden war schon gut gefüllt. Dessous-Nächte waren beliebt, sowohl beim erfahrenen als auch beim neueren Publikum. Er inspizierte die Themenräume im hinteren Bereich: das Hardcore-Verlies, das Klinikzimmer, das Büro, das Spielzimmer. Alles war sauber und gut bestückt. Die den einzelnen Bereichen zugeordneten Kerkermeister waren an ihren Plätzen.

Er fragte sich, was Jessica wohl gerade machte. Starrte sie schockiert auf sein Geschenk? Versuchte sie zu entscheiden, was sie tun sollte? Ihr Vertrauen in sie und ihre Attraktivität war nicht stark, das könnte ihre Entscheidung beeinflussen. Wusste sie genug über ihre Wünsche, um diesen Weg zu gehen?

Die Arme am Rücken verschränkt, schlenderte er zurück in den Hauptraum. *Wie mutig war sie?*

Mit Vorfreude im Bauch betrat Jessica den Eingangsbereich des *Shadowlands*.

Ben blickte von seinen Unterlagen auf und ein breites Lächeln spaltete seine schweren Gesichtszüge. „Nun, schau an, wieder zurück."

Die Begrüßung war aufrichtig und sie lächelte zurück. „Ich schätze, ja."

„Master Z wird erfreut sein." Er blätterte in seiner Kartei und zog die Papiere mit ihrer Unterschrift heraus. „Der Boss sagte, du sollst sie diesmal lesen."

Sie lachte und begann, die drei Seiten durchzulesen. Einige Male musste sie aufhören und nach Luft schnappen, als sie realisierte, in welche Schwierigkeiten sie hätte geraten können und welche Strafen es gab. Sir hatte sie nicht angelogen über die Strafe, die auf das Unterbrechen einer Szene stand. Eher war sie noch glimpflich davongekommen.

Ben grinste, als sie fertiggelesen hatte. „Ein bisschen überwältigt?"

„Sehr überwältigt", antwortete sie. Hätte sie die Formulare letzte Woche gelesen, hätte sie nie einen Fuß dort hinein gesetzt. Wenigstens hatte sie dieses Mal den Vorteil der Internet-Recherche.

„Gib mir deinen Mantel und lass die Schuhe in einem der Regalfächer." Er nickte zu dem eingebauten Schuhregal neben der Garderobe.

Nachdem sie ihre Schuhe weggesteckt hatte, zog sie ihren Mantel aus und fühlte sich dabei, als würde sie strippen.

Er pfiff leise und sie wurde rot. „Du siehst wirklich hübsch aus. Nun geh hinein."

Der Clubraum erschien ihr diesmal vertrauter, obwohl sich die Kleidung der Mitglieder geändert hatte. Die weiblichen Subs waren alle in Dessous, die Männer in niedrig sitzenden Hosen. Die Doms trugen Hosen und Shirts aus Leder oder Latex. Ihr Nachthemdchen war tatsächlich eines der diskreteren. *Danke, Sir.*

Obwohl die meisten Mitglieder in Paaren oder kleinen Gruppen hier waren, gab es auch Singles. Und als sie sich zur Bar durchschlängelte, bemerkte sie die interessierten Blicke der Männer – und Frauen – auf ihrem Weg. Sie fühlte, wie sich ihre Brüste unter der reinen Seide bewegten. Guter Gott, das war, als wäre sie nackt.

Sie blickte zu dem Andreaskreuz und zuckte zusammen. Oder vielleicht auch nicht.

Der Barkeeper war ein weiteres vertrautes Gesicht. *Cullen.* Mit Sicherheit war er seit dem letzten Mal nicht kleiner geworden und überragte die Gäste ein gutes Stück. Sie setzte sich auf einen Barhocker und zuckte zusammen, als ihr allzu freier Hintern das blanke Holz berührte.

Cullen lehnte sich mit einem Ellbogen auf die Bar und lächelte sie an. „Kleine Jessica. Ich bin sehr glücklich, dich wieder zu sehen. Was darf ich dir bringen?"

„Ich hätte gern eine Margarita, bitte."

Als er den Drink vor sie hinstellte, stellte sie fest, dass sie ihre Geldbörse in der Manteltasche vergessen hatte. „Ich habe mein Geld in der Garderobe gelassen. Ich bin gleich wieder –"

Er schüttelte den Kopf. „Nicht. Hab ich mich letztes Mal nicht klar ausgedrückt? Dies ist ein privater Club, die Beiträge der Mitglieder decken ihre Getränke ab. Und du bist Master Zs Gast."

„Das war letztes Mal. Dieses Mal –"

„Er erwartet dich, Süße. Auch dieses Mal." Sein Grinsen war langsam und verständnisvoll. Sie errötete. „Er sagte auch, wenn du mutig genug sein würdest, würdest du eine Augenweide sein. Wie immer hatte er recht."

Sie fühlte tatsächlich ein Beben in ihrem Inneren, als sie die Anerkennung in seinen Augen sah.

Sie schaute weg und bemerkte, wie der große Mann neben ihr ihre Brüste betrachtete. Mit einem Hauch von Verzweiflung und Verlegenheit wandte sie sich der Tanzfläche zu. Ihre Augen weiteten sich. Leder und Dessous waren sicherlich wie gemacht für ... interessantes Tanzen. Die Unterkleider, Babydolls und Nachthemdchen boten sehr wenig Schutz gegen die Hände eines Doms.

Sie befeuchtete ihre Lippen, wandte den Blick ab und versuchte, Master Z in der Nähe zu finden. Aber was könnte sie schon zu ihm sagen? *Hi, hier bin ich, möchtest du mich wieder fesseln?* Oh Gott, sie hätte nicht herkommen sollen. Das war zu beschämend, zu peinlich. Sie schickte sich an, vom Barhocker zu rutschen.

Feste Hände packten sie an der Taille und stellten sie auf die Füße.

„Jessica, ich freue mich." Sirs Stimme, tief und dunkel und weich, sandte einen Schauer durch sie vom Kopf bis zu ihren Zehen.

Sie schaute hoch in seine entschlossenen Augen, dann weg, sie konnte seinem Blick nicht standhalten. Leise lachend hielt er sie eine Armlänge von sich weg und musterte sie. Er lächelte. „Genauso hübsch, wie ich es mir vorgestellt hatte. Das Pink steht dir."

„Ähm." Er trug wieder ein schwarzes Seidenhemd, bei dem einige Knöpfe offen standen und dabei einen kräftigen Hals und harte Brustmuskeln enthüllten. Sie hatte diese Brust gestreichelt, hatte mit den schwarzen Härchen gespielt. Ihre Finger kribbelten, sie wollte ihn wieder berühren. Berührt *werden*.

„Danke für das ... das Kleid", sagte sie unbeholfen. Der hauchdünne Stoff bot keinen Schutz gegen die Hitze und Stärke seiner Hände.

Er lachte dröhnend. „Das Kleid war zu meinem Vergnügen, Kätzchen." Er zog sie in seine Arme und gab ihr einen langen Kuss. Als er seinen Kopf hob – und ihr Kopf aufhörte, sich zu drehen –, bemerkte sie, dass er eine Hand um ihre Taille geschwungen hatte und mit der anderen über ihren entblößten Hintern rieb.

Sie erstarrte, versuchte sich wegzuziehen. Sein Griff wurde fester, und er kippte ihre Hüften in seine. Voll erigiert drückte er sich auf eine Weise gegen ihren Schambereich, dass sie nach Luft schnappte.

„Ich freue mich darauf, dich heute Abend zu nehmen", flüsterte er ihr ins Ohr, „dich wimmern und schreien zu hören, wenn du kommst."

Die Hitze schoss so plötzlich, so heftig durch sie hindurch, dass sie taumelte. Mit einem tiefen Lachen ließ er sie frei und gab ihr ihr Glas in die Hand.

Cullen hatte sie beobachtet. Er grinste Sir an. „Du darfst dein Kätzchen gern jederzeit teilen."

In Jessica gingen sämtliche Alarmglocken an, als Master Z anstatt zu lachen und „Niemals" zu sagen, den Kopf neigte. „Ich werde es mir merken."

Ihr Mund fiel auf. Er würde nicht ... Das war nicht ... Erleichterung erfüllte sie, als Master Z einen Arm um sie legte und sie in den hinteren Bereich des Clubs führte.

Nach ein paar Schritten blieb er stehen. „Ich hätte fast den Rest deiner Kleidung vergessen."

Dem Glitzern in seinen Augen nach zu urteilen, glaubte

sie nicht, dass er von einer versteckten Robe sprach. „Was sollte das sein?"

Er streckte ihr eine große Hand entgegen. „Gib mir ein Handgelenk."

Oh Gott. Nach einem Handgelenk zu bitten, bedeutete Fesseln, oder? Ein Zittern lief durch sie und sie fühlte, wie sie feucht wurde. „Jetzt?"

„Die einzig akzeptable Antwort von dir ist ‚Ja, Sir'."

Sie schluckte hart. „Ja, Sir." Selbst als sie ihr linkes Handgelenk in seine Hand legte, floss sie über vor Wärme.

Er nahm etwas von seinem Gürtel und ihre Augen wurden groß. Wie hatte sie nicht sehen können, was er bei sich trug? Einer seiner Mundwinkel zog sich nach oben, als er eine mit Leder ummantelte Handfessel um ihr Handgelenk schnallte.

„Das Nächste."

Diesmal war es schwerer, ihm das Handgelenk zu geben, jetzt, da sie wusste, was er vorhatte. Aber sie tat es.

Mit anerkennendem Lächeln legte er ihr die andere Manschette an.

Sie drehte ihre Hände um und studierte die Handfesseln. Robustes Leder. Die rechte hatte nur einen Metallring, bei der anderen hing noch ein weiterer Ring an dem ersten.

Sein entschlossener Blick fesselte sie, als er die Ringe an den beiden Manschetten zusammenriss und ihre Hände vor ihr zusammenband. Dies war nicht privat. Sie zog an den Handschellen und ihr Atem beschleunigte sich, als nichts nachgab. „Ich glaube, ich mag das nicht –"

„Doch, das tust du", sagte er und ließ seine Fingerknöchel über ihre Brust wandern, wo sich ihre Nippel hart zusammenzogen. Als sie versuchte, einen Schritt zurückzumachen, steckte er seine Finger nur dorthin, wo sich die beiden Handschellen trafen und hielt sie so fest.

Sie schüttelte den Kopf, als er sie weiterhin berührte, ihre Brüste streichelte.

„Was fühlst du jetzt, Jessica?", fragte er, als würde er nicht gerade einen Nippel zwischen seinen Fingern rollen.

„Ich – gar nich–", sie unterbrach sich. *Keine Lügen*, hatte er gesagt. Aber ...

„Hör einfach auf und denk an deinen Körper, Kleines. Bist du aufgeregt?"

Ihr Herz schlug schnell. Ihre Brüste fühlten sich geschwollen an unter seinen Händen. Ihr intimer Bereich war nass und pochte.

Leute gingen um sie herum, sie hörte leises Lachen, konnte sich aber nicht von Sirs intensiven Augen lösen.

„Antworte, Kätzchen. Erregen dich die Handschellen?"

„Ja". Sie fühlte sich wie eine Schlampe. Schmutziger Sex war alles, was sie wollte.

Er lächelte leicht, sein Blick erhitzte sich, als er sie gemächlich ansah. „Ich mag es, dich darin zu sehen." Er berührte ihren Hals. „Und zu sehen, wie sie dein Herz schneller schlagen lassen." Er ließ einen Finger über ihre Unterlippe wandern. „Wie deine Lippen zittern."

Er griff unter ihren Rock und berührte sie auf so intime Weise, dass ihr der Atem stockte. Er hob seine Finger zu seinem Gesicht, dann zu ihrem. Sie konnte sich selbst riechen, so anders als sein Geruch.

„Ich kann deine Erregung riechen", sagte er.

Oh Gott.

Er kicherte. Eine Hand um ihre Taille, spazierte er lässig durch die Menge, als hätte er nicht eine Frau an seiner Seite, deren Hände gefesselt waren. Über solche Sachen zu lesen war eindeutig anders, als es zu tun.

„Wohin gehen wir?", fragte Jessica. Dann zog sie eine Grimasse. „Ähm. Ist es mir erlaubt, zu sprechen?"

„Gute Frage." Er blieb stehen, schob ihr langes Haar hinter ihre Schultern. So viel dazu, ihr Dekolleté zu verstecken. „Normalerweise fragt eine Sub um Erlaubnis, bevor sie spricht. Aber ich möchte, dass du Fragen stellst, also ..." Er fuhr mit einem Finger über die Oberseite ihrer Brüste. „Heute Nacht hast du die Erlaubnis, frei zu sprechen, außer ich gebe dir einen Befehl oder nehme die Erlaubnis wieder zurück. Ist das klar genug?"

„Ja, Sir."

Sein zustimmendes Lächeln ließ die Schmetterlinge in ihrem Bauch Purzelbäume schlagen. „Zu deiner ersten Frage, ich versuche, etwa jede Stunde eine Runde zu drehen", sagte er. „Ich möchte die Menge im Auge behalten, die Aktivitäten. Ich glaube nicht, dass du schon den ganzen Club gesehen hast, oder?"

„Nein." Jessicas Blick wanderte zu einem Mann, der an einen Bondage-Stuhl gefesselt war. Eine Frau in einem metallic-blauen Bustier und Leggings band Stricke um dessen Hoden. Schweiß lief über das Gesicht des Mannes und seine Brust.

Sie hatten die Doppeltüren an der hinteren Wand erreicht. Der Bereich, den sie letztes Mal gemieden hatte. Er führte sie einen breiten Korridor entlang, wo sich lange Glasfenster mit Türen auf jeder Seite abwechselten.

Z stoppte am ersten Fenster. „Das ist das Büro."

Sie runzelte ihre Nase vor Ratlosigkeit. Warum sollte er hier sein Büro haben? Und warum hatten sich Leute rund um das Fenster versammelt? Sie spähte an der Schulter eines Mannes vorbei. *Oh.*

Der Raum beherbergte einen Schreibtisch, einen Leder-sessel auf Rollen, Bücher auf Regalen, einen dicken roten Teppich. Ein schönes Büro. Ein Mann saß hinter dem Schreibtisch und schrieb etwas, während seine Sekretärin – eine Frau, die ihr Haar in einem Dutt trug und mit einem engen Rock und weißer Bluse bekleidet war – ihm auf Knien einen blies.

Jessica leckte ihre Lippen, dann flüsterte sie Sir zu: „Ich schätze mal, das ist nicht dein Büro."

Er grinste, wobei seine weißen Zähne blitzten, dann führte er sie den Korridor weiter nach hinten.

Der nächste Raum kam ihr bekannt vor und Jessica blieb abrupt stehen. „Das ist ein–"

„Ein Gynäkologietisch, genau. Das ist das Klinikzimmer."

Ein Mann im weißen Arztkittel half einem anderen Mann, nackt von der Taille abwärts, auf den Untersuchungstisch. Jessica zitterte und erinnerte sich an das Gefühl von Arzthänden dort unten in diesem intimen Bereich. *Wie konnte dieser Mann so etwas tun, wenn er wusste, dass ihn jeder durch das Fenster beobachten konnte?* Im nächsten Raum waren, noch schlimmer, die Fenster nach oben geschoben. Die Leute lehnten sich über die Fensterbank und beobachteten gierig, wie ein Mann heißes Wachs auf eine Frau tropfen ließ, die auf einen Tisch geschnallt war.

Entsetzt löste sich Jessica von Sir und wich zurück. Folter. Das war schlichtweg Folter.

Master Z hielt ihr seine Hände entgegen, sein Blick war fest. „Jessica."

Nach einem Moment legte sie ihre gefesselten und kühlen Hände in seine warmen. Er lächelte schwach, zog sie in seine Arme und hielt sie fest an seine Brust wie ein Kind.

„Der Lebensstil geht von einem kleinen Bondage bis hin zu starken Schmerzen. Ich meide Subs, die solche Schmerzen brauchen, denn ich mag es nicht, diese auszuteilen. Kannst du mir vertrauen, dass ich weiß, wie viel oder wie wenig Schmerz du genießen würdest?"

„Kein Schmerz ist angenehm." Sie vergrub ihren Kopf in seiner Schulter. „Das ist einfach nur falsch."

„Und nachdem dein Hintern gepaddelt wurde, wie hat sich das angefühlt?", flüsterte er, seine Hand wanderte dabei über ihren nackten Arsch und erinnerte sie daran, wie der Schmerz sich mit Erregung vermischt hatte, sie heißer gemacht hatte.

Sie konnte nicht antworten.

Er zwang sie nicht dazu, obwohl sein Blick zu wissend war. Er wusste, wie sie sich gefühlt hatte. *Zur Hölle mit ihm und seiner Gedankenleserei.*

Im nächsten Raum, dunkel, mittelalterlich und mit Ketten, die von einer Steinmauer baumelten, waren nur drei Personen. Eine nackte Blondine lag mit dem Gesicht nach oben auf einer grob behauenen Bank, ihre Arme und Beine waren am Boden befestigt. Eine Frau schlug die Beine der Blondine mit einem Flogger, während ein Mann an ihren Brüsten saugte. Mit spitzen Schreien wölbte die gefesselte Frau ihren Rücken und drückte die Brüste nach oben.

„Das Verlies", erklärte Master Z. „Es wird immer beliebter, je weiter der Abend voranschreitet, genau wie das Spielzimmer."

Der letzte Raum war riesig. Ein rundes hohes Bett, mindestens dreimal so groß wie ein Kingsize, nahm fast die gesamte Fläche ein. Fünf Menschen hielten sich darin auf, drehten und wanden sich in verschiedenen Positionen, alle durcheinander. Eine Frau auf Knien lutschte den Schwanz eines Mannes, während ein anderer sie von hinten nahm. Zwei Männer ...

Jessicas Mund stand ungläubig offen, dann durchlief sie ein Schauer der Erregung. „Wie ... ungewöhnlich", sagte sie mit heiserer Stimme.

Hinter ihr stehend, legte Sir seine Arme um sie, eine Hand bedeckte ihre linke Brust. Er küsste ihren Hals und murmelte: „Dein Herz schlägt jetzt schneller. Irgendetwas von Interesse hier?"

„Nein. Oh, nein." Sie versuchte, einen Schritt vom Fenster zurückzutreten, aber er bewegte sich nicht. Er hielt sie mit einem unnachgiebigen Arm um ihre Taille fest, seine andere Hand glitt zwischen ihre Beine und unter ihren String zu der zunehmenden Nässe dort. Er strich mit seinen gekonnten Fingern über ihre Klitoris, immer und immer wieder, bis sie sich unkontrolliert wand.

„Ich werde müde von deinen Ausflüchten, Schätzchen." Seine Stimme war hart geworden. „Antworte mir."

Sie versuchte, ihre Beine zu schließen, aber seine Hand war dort und spreizte ihre Schamlippen. Ein Finger glitt in sie, und sie zuckte, als Hitze durch ihren Körper schoss. Er würde sie nicht –

„Ich – ich ... okay. Es ... ich hab so etwas noch nie gesehen."

„Das ist nicht alles", knurrte er, offensichtlich unzufrieden mit ihrer Antwort. Sein Finger schob sich tiefer.

„Sir." Ihr stockte der Atem und sie gab auf. „Es ist aufregend."

„Welchen Teil fandest du aufregend?"

„Die Frau mit zwei Männern", flüsterte sie, ihr Gesicht flammend heiß.

„Sonst noch etwas?"

Ihre Hüften kippten in seine Hand, als er sie weiter langsam streichelte. „Leute, die zusehen."

„Danke, dass du ehrlich bist, Kätzchen." Er umarmte

und drückte sie kurz. „Ich weiß, dass es schwer für dich ist, darüber zu reden. Obwohl die Zeiten vorbei sind, in denen nur die Missionarsstellung akzeptabel war, besteht die Gesellschaft immer noch darauf, dass Sex nur zwischen einem Mann und einer Frau im Privaten stattfinden darf. Es ist schwer, sich dieser Einstellung zu widersetzen, besonders, wenn man so konservativ ist wie du."

Die sachliche Logik beruhigte sie, sein Verständnis über ihre Persönlichkeit noch mehr. Genau in diesem Moment schrie der Mann in dem Zimmer seine Erlösung heraus, und die Frau kam und ihre Hüften zuckten verzweifelt.

Und Jessica konnte fühlen, wie Feuchtigkeit über ihren Oberschenkel sickerte.

„Mmmh, ich glaube, du kannst deine Hemmungen gut überwinden", sagte er, seine Stimme klang amüsiert. Er küsste ihren Nacken, dann löste er sich von ihr und ließ sie pochend vor Erregung zurück.

KAPITEL NEUN

Sie gingen zurück zur Bar und leerten ihre Drinks, dann zog Sir sie entgegen ihrer Proteste auf die Tanzfläche. Die Musik war langsam und romantisch. Okay, das schaffte sie, besonders, wenn Sir sie warm an sich gedrückt hielt. Er tanzte so, wie er alles tat, gekonnt und mit fester Führung.

„Wie kannst du nur in allem so gut sein?", murmelte sie, genoss die Musik, das langsame Auf- und Abgleiten seiner Hand an ihrem Rücken. Er hatte die Handschellen voneinander gelöst und sie liebte das Gefühl seiner kräftigen Schultern unter ihren Fingern.

„Du hast mich noch nirgendwo anders als hier gesehen, Kätzchen. Deine Meinung könnte ein wenig übertrieben sein."

Irgendwie bezweifelte sie das.

„Was machst du, wenn du nicht hier bist?" Er schien zu

geradlinig, um Anwalt oder Geschäftsmann zu sein. Vielleicht –

„Ich bin Psychologe."

Sie zuckte zusammen, starrte ihn an. „Du?"

Er brach in Gelächter aus. „Diese Menge an Erstaunen ist nicht sehr schmeichelhaft."

„Aber –" Klar, zur Hölle, kein Wunder, dass er in ihr las wie in einem Buch. „Dann kannst du nicht wirklich Gedanken lesen?"

Er zog sie wieder an sich, wobei er sanft die Haare an ihrer Schläfe berührte. „Aus geringer Entfernung kann ich tatsächlich Gedanken lesen. Oder vielmehr Emotionen, beschränkt darauf, was die Person in diesem Moment fühlt." Seine Hände bewegten sich unter ihren Hintern, pressten sie gegen seinen Schwanz und hielten sie mit seinen Aufmerksamkeiten auf einem Level halber Erregung. „Ich arbeite mit Kindern, da ist es wichtig zu wissen, was sie fühlen."

Sir. Arbeit mit Kindern. Das konnte sie sich tatsächlich vorstellen. Nie hatte sie jemanden getroffen, der tröstlicher und fähiger gewesen wäre, einem Menschen das Gefühl von Sicherheit zu geben.

Nur ... „Ich hätte an eine Art von Sexualtherapie gedacht, wenn man ... das hier betrachtet." Sie machte eine Geste mit der Hand durch den Raum.

„Die Beratung von Kindern ist mein Geschenk an die Welt." Er grinste, rieb sie wieder gegen seine Erektion, bis ihre Beine schwach wurden. „*Das* ist, was die Welt mir zurückgibt."

Ihr Körper entwickelte ein schmerzhaftes Bedürfnis nach ihm an ihrem Hügel, dem Gefühl seiner Hände, die ihren Hintern packten. Wie machte er das mit ihr?

„Ähm –" Sie hatte vergessen, was sie fragen wollte.

„Und du, Jessica? Womit verdienst du deinen Lebensunterhalt?"

Frage. Er hatte sie etwas gefragt. „Ich bin Buchhalterin." Sein sanftes Lachen zerzauste ihr Haar. „Ich hätte es wissen müssen. Du bist sicher eine perfekte Buchhalterin."

„Was meinst du damit?", fragte sie. Ihre Hände lösten sich von seinem Nacken. Sie stieß ihn weit genug von sich, dass sie ihn finster anblicken konnte und seine quälenden Hände von ihrem Hintern weggezogen wurden.

Er packte ihre Handgelenke und legte sie zurück um seinen Nacken. „Lass deine Hände da, Schätzchen", befahl er. Und dann kehrten seine Hände zurück, aber diesmal glitten sie unter ihren Rock, sodass er ihren nackten Hintern berührte.

Ihre Füße blieben stehen.

„Wenn du nicht tanzt, können meine Finger auch das hier machen", flüsterte er und bewegte seine Hand an ihre Vorderseite, schob sie zwischen ihre Beine, unter ihren String. Sie zuckte, als seine Finger ihre Schamlippen erkundeten. „Tanzen oder genießen?"

Sie legte ihre Stirn an seine Brust, schauerte, als seine Finger über ihre Klitoris strichen. „Tanzen, bitte."

Als sein Lachen seinen Brustkorb erschütterte, zitterte sie wieder.

Mit der Hand an ihrem Hintern nahm er den Tanz wieder auf. „Als Buchhalterin bist du extrem klug, logisch, konservativ, kontrolliert. Du liebst Organisation und Fakten. Und du fühlst dich mit Zahlen wohl, zumindest wohler als mit Beziehungen zwischen Mann und Frau."

Er machte sich nicht einmal die Mühe, sie zu fragen, ob er recht hatte. Er wusste, dass es stimmte. „Ziemlich langweilig", murmelte sie.

„Ah, aber unter all dieser Kontrolle verbirgt sich ein Reichtum an Leidenschaft und ein sehr weiches Herz", flüsterte er in ihr Ohr. „Überhaupt nicht langweilig."

Okay ... das war dann in Ordnung. Zufrieden schmiegte sie sich enger in seine Arme.

Sie war voller Überraschungen, dachte Zachary und genoss das Gefühl ihres Hinterns in seinen Händen. Er hätte sich nicht träumen lassen, dass sie eine exhibitionistische Ader an sich hatte, geschweige denn ein Interesse an Ménage. Mit Vergnügen würde er weitere Entdeckungen mit ihr machen.

Buchhalterin. Er lächelte in ihr Haar, nun nicht mehr nach Vanille duftend, sondern leicht blumig. Schwere Düfte waren nichts für Jessica. Ein Gedanke überkam ihn und er fragte: „Besitzt du noch etwas anderes als Hosenanzüge?"

Sie antwortete mit verärgertem Blick: „Ich habe ein paar Kleider."

Er hob eine Augenbraue.

„Fein. Bürokleidung. Aber ich habe auch Jeans."

„Das würde ich gerne sehen." Der kurvige Arsch würde hervorragend in engen Jeans aussehen. In diesem Negligé sah er jedenfalls ganz wunderbar aus. Die V-Form des Rockes ließ manchmal ihren Hintern hervorblitzen; er bezweifelte, dass sie das bemerkt hatte.

Die Musik endete und der nächste Song begann, etwas Schnelleres für das jüngere Publikum. Er legte einen Arm um sie und stellte einmal mehr fest, wie perfekt sie an seinen Körper passte.

Vielleicht sollte er ihr eine Kostprobe von einem ihrer neuen Interessen bieten. „Es ist eine schöne Nacht, lass mich dir den Garten zeigen."

Das Gras war kühl an ihren nackten Füßen, die warme Tropenluft duftete nach weißem Jasmin. Sir führte sie von der Tür weg und durch die hohen Büsche. Weiche Lichter erhellten die Fontänen, die hier und da verstreut waren, und ließen schattenreiche Tümpel zurück. Die Gartengestaltung bildete kleine, abgelegene Bereiche, in einem erhaschte Jessica flüchtige Blicke auf nackte Haut, aus einem anderen vernahm sie ein Stöhnen.

Sie biss sich auf die Lippe und lugte zu Sir. Das war nur eine Tour, oder? Sie hatte wieder einen Besuch dieses kleinen Schlafzimmers erwartet, sicher würden sie dorthin zurückgehen, oder etwa nicht?

„Ah", sagte Sir mit leiser Stimme. „Ich glaube, du wirst diesen Platz mögen." Er bog in einen kleinen Bereich ab, der nicht so abgelegen war wie die anderen, wie sie mit Unbehagen feststellte. Ein kleiner Springbrunnen auf einer Seite gurgelte wie ein kleiner Bach und schimmerte in goldenem Licht. Auf der anderen Seite war eine lange, gepolsterte Bank ... nein, es war eine Schaukel, erkannte sie, die von der riesigen Eiche dahinter hing.

Master Z setzte sich auf die Schaukel. „Ich möchte dich auf meinem Schoß haben, Schätzchen." Und er packte sie um die Hüfte und hob sie hoch. „Zieh deine Beine an", sagte er, setzte sie auf den Knien ab und streckte seine Beine aus.

„Entspann dich", murmelte er, wartete, bis sie sich mit ihrem Po auf seinem Oberschenkel niedergelassen hatte. Lächelnd setzte er die Schaukel in Bewegung und zog sie dann in einen Kuss.

Sein Mund lag schräg über ihrem, seine Lippen waren fest und fordernd, und sie fühlte, wie ihr Körper erregt wurde. Als er ihren Kopf in seine Hände nahm, um sie während des Kusses festzuhalten, schmolz ihr Innerstes dahin wie heiße Butter. Gott, konnte der küssen.

Sie wäre schon zufrieden damit gewesen, ihn bis in alle Ewigkeit nur zu küssen, doch dann fühlte sie seine Hand an ihrem Nacken. Ihr Neckholder-Oberteil fiel herab und entblößte ihre Brüste.

„Hey!" Sie grabschte nach dem Stoff und hielt ihn an

ihren Körper. „Hier draußen sind Menschen", flüsterte sie verzweifelt. „Tu das nicht."

Er seufzte hörbar. „Kleine Sub, gib mir dein Handgelenk." Er streckte ihr eine Hand entgegen. „Sir." Es klang wie ein Wimmern, selbst in ihren eigenen Ohren. Sie schloss den Mund gegen jeden weiteren Protest und legte ihre Hand in seine.

Ohne hinzuschauen, klickte er die Handgelenksmanschette an die Kette der Schaukel hinter seiner linken Schulter, dann machte er das Gleiche mit ihrem anderen Handgelenk auf der rechten Seite. Sie zog daran, begann ihre Beine zu bewegen.

„Nein, Kätzchen. Wenn du deine Beine bewegst, schnalle ich sie fest."

Sie erstarrte.

„Sehr schön. Genau dort, wo ich dich haben will", murmelte er, nahm ihre Brüste in seine Hände und rieb mit den Daumen über ihre Nippel.

Sie spürte die zunehmende Feuchtigkeit zwischen ihren Beinen. Mit sanften Händen hob er sie etwas höher und nahm eine Brustwarze in den Mund. Ihre Finger krallten sich in die Rückseite der Schaukel, als er zu saugen begann. Die Empfindungen ließen sie zucken. Sie versuchte zu lauschen, ob Leute näher kamen, aber sein Mund war so hartnäckig, und als sich seine Zähne sanft an der Spitze schlossen, musste sie nach Luft schnappen, so exquisit war dieses Schmerz-Vergnügen. Ihre Muschi pochte vor

Verlangen und sie konnte sich kaum zurückhalten, sich an seinem Bein zu reiben.

Er hob den Kopf, seine Augen dunkel im Schatten. Er beobachtete ihr Gesicht, als seine Hand unter ihren Rock rutschte und sie zwischen den Beinen zu streicheln begann. „Heb deine Hüften", forderte er sie auf, seine Hand presste nach oben gegen ihren Hügel, wie ein elektrischer Stoß. Als sie sich leicht erhob, zog er den String von einer Hüfte und bewegte den Schritt zur Seite. Sie stöhnte schon fast, als er seine Finger in ihre Nässe tauchte und begann, mit ihrer Klit zu spielen. Seine Finger waren fest, dann weich, glitten auf und ab, und alles in ihr konzentrierte sich auf diesen Punkt. Und dann nahm er einen Nippel in seinen Mund, saugte drängend daran und schlug ihn mit der Zunge gegen seinen Gaumen. Sie zuckte, als zu viele Empfindungen durch ihren Körper rasten, als alles in ihr sich zusammenzog, darauf wartete –

Als er seine Finger wegnahm, wimmerte sie über den Verlust, über das unerfüllte Verlangen, das in ihr zurückblieb.

„Schhh, Kätzchen." Er holte ein Kondom aus seiner Tasche und zog es sich über. Dann packte er ihre Hüften, seine starken Hände hoben sie höher, bis sie auf ihren Knien balancierte. Er schob seinen harten, dicken Schwanz in sie hinein und riss sie nach unten, bis er ganz in ihr vergraben war und sie bis zum Bersten füllte. Ihr Schrei schockierte sie und brachte sie wieder zur Vernunft. Gott, hier waren Menschen rundherum.

„Was, wenn jemand kommt?", zischte sie, sie fror und leistete den Händen an ihren Hüften Widerstand. Leute, die ihnen zusahen … Der Gedanke war erschreckend und seltsam aufregend.

Er lehnte seinen Kopf an die Schaukel zurück, sein Gesicht wirkte streng. „Hör gut zu, Schätzchen. Wenn du schön mitmachst, dann werden sie dich nur hier sitzen sehen. Wenn du fortfährst, mich zu ignorieren, dann werden sie dich auf dem Rücken im Rasen liegend sehen, mit deinen Beinen über meinen Schultern und mich in dir."

Die Vorstellung ließ sie zittern vor Scham, schickte jedoch eine zusätzliche Hitzewelle durch sie hindurch, wie er sehen konnte.

Er grinste. „Kätzchen, du überraschst mich immer wieder", murmelte er mit Lachen in der Stimme. Er begann, nach hinten zu den Handschellen zu greifen. *Das würde er doch nicht, oder?*

Sie zuckte an seinem Schwanz hoch, das Gefühl seiner Bewegung in ihr war so erotisch, dass sie stöhnte, bevor sie ihm zuflüsterte: „Es tut mir leid. Bleib auf der Schaukel. Bitte, Sir."

Leise lachend legte er seine Hände zurück auf ihre Hüften. Er hob sie hoch − und dieses Mal widersetzte sie sich nicht −, bis sein Schwanz fast vollständig herausrutschte, dann knallte er sie wieder auf sich nieder, sein Schaft dick in ihr, ihre Muschi verkrampfte sich bei der Empfindung. Auf und ab, die Hände fest an ihren Hüften, in unerbittlichem Tempo. Ihre Welt begrenzte sich auf das überwältigende Vergnügen, dass er sich in ihr bewegte und jeder erbarmungslose Stoß sie näher an den Rand schickte.

Von irgendwoher konnte sie Stimmen hören, wusste, dass jeder das Geräusch aneinander klatschenden Fleisches hören konnte, das Knarren der Schaukel, und ein Schauer überkam sie. Seine Hände packten sie fester an den Hüften, ließen sie nicht langsamer werden. Stöhnend schloss sie ihre Finger um die Rückenlehne der Schaukel.

Und dann beugte er sich vor, nahm ihren Nippel in seinen heißen Mund und saugte hart daran. Nach vorne geneigt, ließ ihre nächste Abwärts-Bewegung ihre empfindliche, geschwollene Klitoris über sein hartes Becken gleiten, und mit einer Reihe von Schreien brach sie unter Wellen des Vergnügens unkontrolliert an ihm zuckend zusammen. Ihre Muschi zog sich um seine Länge zusammen, was seinen eigenen Orgasmus auslöste, und seine Hände gruben sich in ihre Hüften, als er in ihr kam.

Ihr Kopf fiel nach unten, als ihr Körper schlaff wurde. Er hielt sie mit einer Hand aufrecht. „Warte, Kleines, bis ich dich frei lasse."

Eine Sekunde später, losgelöst, sank sie nach vorne an seine Brust, zuckend von Nachbeben. Jedes Mal, wenn sich die Schaukel bewegte, schob sich sein Schwanz in sie hinein, und ihr Innerstes verkrampfte sich erneut. Er küsste ihr Haar, hielt sie so, wie sie es liebte, die Arme fest und eng um sie herum.

„Lass mich kurz aufstehen, Kätzchen", sagte er schließlich. Nachdem er das Kondom in einen verborgenen

Behälter entsorgt hatte, setzte er sie wieder auf seinen Schoß, mit beiden Beinen geschlossen an einer Seite. Die Schaukel bewegte sich leicht, und sie ruhten sich einfach eine Weile aus. Der Springbrunnen gurgelte. Schritte und Stimmenrauschen von Menschen, die an ihrer abgeschiedenen Ecke vorbeigingen, drangen zu ihnen.

Die Luft war weich auf ihren nackten Schultern, seine Hand warm, als er ihre Brüste streichelte. Brüste – sie versteifte sich. Der Neckholder hing immer noch herab. Ihre Finger schlossen sich um den Stoff, dann zögerte sie, blickte zu ihm hoch. Seine Lippen zuckten und seine Hand blieb auf ihrer Brust liegen. Verdammt.

„Verglichen mit dem, was jemand vor ein paar Minuten sehen konnte, ist das nichts."

Diese Leute – Oh Gott. „Warum hast du nicht aufgehört?" Sie starrte ihn an.

Er hob ihr Kinn an. „Weil du sie ebenfalls gehört hast und sie zu deinem Höhepunkt beigetragen haben."

Mit einem Stöhnen verbarg sie ihr Gesicht in seiner Schulter. „Was stimmt nicht mit mir?"

„Überhaupt nichts." Er ließ zu, dass sie sich an ihn kuschelte. „Jeder Mensch ist anders, wenn es um Exhibitionismus geht. Und du wusstest, dass sie nur einen kleinen Blick auf das bekommen haben, was wir taten."

„Was ist mit dir?", fragte sie nach einer Minute.

Er strich ihr übers Haar. „Seltsamerweise habe ich kein Interesse an der einen oder anderen Art. Aber es liegt in der Verantwortung eines Doms, alle deine Bedürfnisse herauszufinden, sowohl die, die du bereits kennst, als auch die, die du noch nicht erfahren hast. Ich glaube, eines Tages wirst du es genießen, wenn jemand dir zusieht."

Sie holte Luft, um zu protestieren, dann erinnerte sie sich an die nackte Frau an dem Andreaskreuz, für jedermann zu sehen, und fühlte den Hauch von Hitze in ihr emporsteigen.

Sir lachte. „Und ich würde mich freuen, dich dort zu sehen."

Bei diesem Gedanken schmiegte sie sich näher an ihn. Sie lauschte seinem Herzschlag für eine Weile, langsam, gleichmäßig, beruhigend. War sie je mit einem Mann zusammen gewesen, der sie einfach nur gerne festhielt? War sie je damit zufrieden gewesen, einfach nur gehalten zu werden? Die Stille zwischen ihnen war so angenehm.

Okay, die Frage von letzter Woche war beantwortet. Dies war mehr als nur Interesse an BDSM, sie wollte Sir selbst. Sie wollte seine Hände, schwielig und hart, an ihrem Körper. Sie wollte mehr von seinen intensiven Augen, seiner tiefen Stimme, seiner Aufmerksamkeit.

Oh, sie war in Schwierigkeiten.

KAPITEL ZEHN

Unter Sirs amüsiertem Blick befestigte Jessica ihren Neckholder. Dann spazierten sie zurück in den Hauptraum, machten eine kleine Runde um die Bar. Sir kannte jeden dort, und es war nicht zu vermeiden, dass sie die langen Blicke bemerkte, die ihm Frauen in Negligés zuwarfen. *Die Subs.* Er schien sie nicht zu bemerken. Er hielt sie nahe bei sich, eine Hand war immer auf ihr. Jede Berührung wanderte in neue Bereiche, bis ihre Haut so empfindlich wurde, dass sogar das Gefühl seiner Hose an ihrem Oberschenkel sie zittern ließ.

„Z, ich habe gehört, du brauchst einen Hintern für heute Nacht." Ein großer Mann in schwarzer Lederhose und Weste stand an die Rückseite einer Couch gelehnt da, eine geheimnisvoll schöne Brünette kauerte zu seinen Füßen. Jessica erinnerte sich, dass sie den Mann letzte Woche auf der Tanzfläche gesehen hatte, wie er eine andere

Sub geküsst hatte. Er fuhr fort: „Vance macht den Klinik-raum für deine Session klar."

„Ach ja. Den Unterricht habe ich tatsächlich total vergessen. Danke für die Erinnerung, Daniel." Sir sah sie an. „Jessica, das ist Master D. Er arbeitet gelegentlich als Kerkermeister hier."

War dies jener Daniel, der seine Frau verloren hatte und rundliche Frauen liebte? Sie bemerkte, dass er sie mit offensichtlicher Anerkennung anstarrte. Sie wurde rot, wissend, dass ihre Lippen von Zs Mund geschwollen waren und ihr Nachthemdchen nicht wirklich viel von ihr verdeckte.

„Ich würde mich glücklich schätzen, auf Jessica aufzu-passen, während du beschäftigt bist, Z", bot Master D mit einem verruchten Grinsen an.

Sirs Arm um sie herum wurde hart wie Stahl und seine Stimme war eisig, aber ruhig. „Danke, Daniel. Ich glaube nicht, dass ich deine Beherrschung auf die Probe stellen will."

Master D blinzelte und seine Augenbrauen zogen sich zusammen. „Nun dann ... ich verstehe."

„Z, mein Lieber." Eine hübsche Frau in einem roten Lack-Catsuit, die eine Blondine an der Leine führte, kam auf sie zu. „Wir freuen uns schon auf deine Lektion. Woll-test du nicht meine Sub dafür benutzen oder –" Sie musterte Jessica von oben bis unten an und lächelte lang-sam. „Das ist ein leckeres Häppchen, das du da hast. Wirst du sie stattdessen benutzen?"

Jessica blickte hinauf zu Sir, ihr Magen drehte sich um. Er wollte eine andere Frau für ... wofür?

„Danke für das Angebot, Melissa. Gib mir einen Moment." Sir berührte Jessicas Schulter und drehte sie mit dem Gesicht zu sich. Sein Lächeln war verschwunden. „Liebes, ich hatte letzte Woche versprochen, dass ich eine kleine Unterrichtsszene vorführen werde. Ich werde dazu eine Sub benutzen, aber ... ich glaube, du bist noch nicht so weit, Kätzchen."

Sie sah, wie die Sklavin der Frau Sir mit offener Lust anstarrte, ja, fast sabberte. Jessicas Hände ballten sich zu Fäusten. Z war *ihr* Dom, verdammt, zumindest für den Moment. Und er wollte, dass sie ihn jemand anderen benutzen ließ. Seinen Mund legen auf – „Ich werde deine Sub sein."

„Jessica, du weißt nicht, was das bedeuten würde."

Schmetterlinge schwärmten in ihrem Bauch und ließen ihre Stimme beben. „Es wäre in der Öffentlichkeit? In jenem Klinikraum?"

„In jenem Raum. Öffentlich. Ja."

„Und *was* würdest du tun?", schaffte sie es zu fragen. Vielleicht konnte sie ihre Kleidung anbehalten.

„Das würde in meiner Hand liegen, Kätzchen." Er strich mit einem Finger über ihre Wange. „Nur Vergnügen, kein Schmerz. Aber es ist deine Entscheidung."

Könnte sie es aushalten, ihn mit jemand anderem zu sehen? Nein. „Ich mache es. Nimm m-mich." Jessica stockte ein wenig beim letzten Wort. War sie *irrsinnig*?

„Gut." Er hob ihr Kinn an, studierte ihr Gesicht, bis sie ihre Lippe zwischen die Zähne ziehen musste, um das Zittern zu verstecken. „Das ist alles noch neu für dich. Bist du sicher?"

Sie nickte. *Ja.*

Zachary runzelte die Stirn, als Jessicas Gefühle über ihn hereinbrachen. Ihre Furcht vermischte sich mit einer Besitzgier, die ihn ungemein erfreute. Und er wusste, wenn er jetzt eine andere Sub benutzte, dann würde er damit ihr wachsendes Vertrauen in ihn erschüttern. Aber die Lektion, die er James versprochen hatte, würde nicht leicht für sie sein, obwohl sie perfekt für diese Rolle geeignet war.

Ihre Augen verengten sich, während er überlegte, und er konnte ihre Entschlossenheit spüren. Dickköpfige kleine Hexe. Wie hatte sie ihn in eine solche Situation gebracht? Er seufzte.

„Dann soll es so sein." Er legte einen Arm um Jessicas Taille. „Daniel, Melissa, danke für euer Angebot."

Daniel grinste. „Deine Sub scheint sehr mutig zu sein."

Melissa schnaubte. „Das wird nicht lange anhalten." Sie zerrte an der Leine der Blondine und ging nach hinten, während sie sagte: „Komm, Sklavin, ich denke, das schauen wir uns an."

Z zog Jessica näher zu sich und folgte den beiden. Er konnte fühlen, wie ihre Beine zitterten und schüttelte den Kopf. Er würde sie wahrscheinlich nachher aus dem Raum tragen müssen.

Der Flur war voller Menschen. Als Jessica das Klinikzimmer betrat, bemerkte sie, dass die Fenster aufgeschoben worden waren, damit das Publikum zuhören konnte. Sie würden Sir zuhören. Ihr. Oh Gott.

Sie presste die Lippen aufeinander und drückte die Wirbelsäule durch. Sei tapfer, sagte sie sich und stützte sich mit der Hand auf den Untersuchungstisch, um das Gleichgewicht zu halten. Neben dem Tisch befanden sich in dem Raum ein kleines Waschbecken mit einem Schränkchen darüber, ein Serviertisch aus Metall, ein Rollhocker und sogar eine Stehlampe. Es ähnelte sehr dem Büro ihres Arztes. Und, hey, sie hatte schon vorher gynäkologische Untersuchungen überstanden. Brustuntersuchungen, vaginale Untersuchungen, Spekula, sie schaffte das.

Sir nahm einen weißen Laborkittel von einem Haken an der Wand und zog ihn über, verwandelte sich in einen Arzt. Er sah merkwürdig korrekt aus in diesem Teil.

Eine verschlossene Schublade im Schrank brachte drei verpackte Gegenstände hervor. Er legte sie auf den Serviertisch. Ein Spekulum vielleicht? Aber was waren die anderen beiden?

Er berührte ihre Wange leicht mit seinem Finger, schenkte ihr einen warmen Blick, dann sagte er: „Zieh dich bitte aus und klettere auf den Tisch."

Sie schaute zu all den Leuten, ihr Herz hämmerte, als sie bemerkte, dass alle sie anstarrten.

Sir neigte seinen Kopf zu ihr, seine Augen bewegten sich nicht. Er wartete.

Sie hatte ihm gesagt, dass sie das tun könnte, sie hatte darauf bestanden, also würde sie es durchziehen.

Ihre Finger zitterten, sie löste das Band um ihren Nacken und schnappte nach Luft, als ihre Brüste entblößt wurden. Sie hörte die Leute flüstern und ihr Kiefer spannte sich an. Sie wusste, was sie sagten. Nackt war schlimm genug, fett und hässlich zu sein, machte es noch schlimmer. Ihr Negligé fiel zu Boden.

„Stopp."

Ihre Hände erstarrten, als sie gerade ihren Tanga nach unten schieben wollte.

Sie realisierte, dass Sir genau vor ihr stand. Er nahm ihr Gesicht zwischen seine Hände und schaute ihr tief in die Augen. „Jessica", murmelte er so leise, dass das Publikum ihn nicht hören konnte. „Du bist eine reizende Frau mit einem wunderschönen Körper. Auch wenn es hier einige Dummköpfe gibt, die auf magere Frauen stehen, tue ich das nicht. Und viele Männer hier teilen meine Vorliebe und verehren einen Körper wie deinen."

Er hatte das zwar schon vorher gesagt, doch jetzt, mit all diesen Menschen, musste er sich doch für sie schämen. „Bist du sicher?", flüsterte sie.

Er schüttelte seinen Kopf in offensichtlicher Verzweiflung, presste ihre Hand an sich, an seine steinharte Erektion. „Siehst du, was es mit mir macht, dich nackt zu sehen?"

Er mochte ihren Körper. Diese Erkenntnis erwärmte ihr Innerstes und ließ sie ihren Tanga ausziehen und auf den

Tisch klettern. Das Leder fühlte sich an ihrer nackten Haut kalt an. Sie schaute zu den Menschen, die sich an den Fenstern drängten, und konnte ihren Blick nicht mehr abwenden.

Mit einem schnaufenden Lachen trat Master Z direkt vor sie und nahm ihr die Sicht. „Schau mich an – nur mich", befahl er. Ihre Augen trafen auf seine, so dunkel und grau, und sie fühlte sich besser. Ein klein wenig besser.

„So ist es gut. Ich würde sagen, dass wir das Publikum ganz ausblenden", murmelte er. „Schließ deine Augen."

Sie zögerte.

„Jessica", knurrte er.

Sie schluckte und fügte sich. Er legte etwas Weiches auf ihre Augen, band es an ihrem Hinterkopf zusammen und hielt ihre Hände fest, als sie instinktiv danach greifen und es herunterreißen wollte. Eine Augenbinde. Nach einer Minute hatte sie sich wieder unter Kontrolle und legte die Hände in ihren Schoß.

„Leg dich hin, Kleines", sagte er und bewegte sich an ihre Seite. Mit einem Arm an ihrem Rücken und einer Hand zwischen ihren Brüsten drückte er sie auf den Tisch. Ihre Beine baumelten herab. „Fühlst du dich wohl?"

Nein, das tat sie nicht, oh, wirklich nicht. Sie schaffte es zu nicken.

Stille.

Sie befeuchtete ihre Lippen und sagte: „Ja, Sir."

Er lachte leise. „Lass es mich anders formulieren, damit

du ehrlich antworten kannst. Abgesehen von der Angst und der Scham, fühlst du dich wohl?"

Der Raum war warm genug, der Tisch gepolstert. „Ja, Sir."

Er nahm eine ihrer Hände, küsste ihre Fingerknöchel. „Sehr gut, Kätzchen. Ich bin stolz auf dich und darauf, wie mutig du bist. Ich weiß, das ist nicht leicht." Die Freude über sein Lob währte nur die paar Sekunden, bis er sagte: „Nun werde ich, als guter Arzt, sicherstellen, dass du dich nicht bewegst."

In Erwartung, dass er ihre Füße in die Bügel steckte, war sie schockiert, als ein Gurt über ihren Körper geschnallt wurde, genau unter ihren Brüsten, der ihre Arme an den Seiten hielt. Ihr Herz pochte und sie zog an den Fesseln. Sie konnte sich nicht bewegen. „Sir!"

„Schhhh, Kleines." Seine Hände wanderten zu ihren Schultern. „Nichts hier wird dich verletzen. Was ist dein Safeword?"

Unzählige kleine Schauer liefen über ihren Rücken, hinauf und hinunter, und ihr Atem ging schnell und flach. Er wartete, seine Hände auf ihren Schultern, seine Wärme und Anwesenheit beruhigten sie. Er würde sie nicht verletzen. Sie war in Ordnung und sie war stärker als das hier. Sie konnte jetzt nicht mehr zurück und ihn enttäuschen. Sie schaffte es, tiefer Luft zu holen. „Rot. Es ist Rot."

„Vertraust du mir?"

Sie nickte leicht.

Seine Hand bedeckte ihre Wange. „Mutiges Kätzchen."

„Diese Lektion zeigt einen Weg auf, einen Neuling an das öffentliche Inszenieren heranzuführen", sagte er mit nun lauterer Stimme, wie ein Lehrer. „In Jessicas Fall ist es so, dass sie sehr neu ist, und ich bin stolz, dass ich ihr Vertrauen gewonnen habe. Vertrauen oder nicht, bei einer neuen Sub kann die Schüchternheit schwierig zu überwinden sein. Eine Art der Hemmung steht im Mittelpunkt der heutigen Lektion."

„Wir beginnen natürlich mit einer Brustuntersuchung." Seine Finger hoben ihre Brüste an, kreisten darum, massierten sie. „Gesunde Brüste, wie sie sehen können."

Okay, es ging ihr gut. Sie hatte so etwas erwartet.

Seine Finger fanden ihre Nippel. Streichelten sie zu harten Knöpfen, kniffen hart genug, dass sie sich wand, doch nie so hart, dass es wehgetan hätte.

„Und empfindlich auch."

Jedes Kneifen erweckte mehr Nervenenden in ihren Brüsten, in ihrem Kern. Sie konnte ihn nicht sehen, konnte nicht sehen, wo seine Hände waren, und ihre Haut wurde akut empfindlich, als ob sie um die nächste Berührung seiner Finger bangen würde.

Seine Hände wanderten über ihren Brustkorb, strichen über ihren Bauch. Sie hörte, wie er sich von ihrer Seite weg zum Ende des Tisches bewegte, dann das Quietschen des Rollhockers. Sie wusste, was als Nächstes kommen würde. Ihre Beine schlossen sich unwillkürlich, bevor sie sich zur Entspannung zwang. Eine Welle von Gelächter ertönte von den Zuschauern.

„Unsere kleine Sub hier ist ein Neuling, deshalb bitte ich um Ruhe während der Demonstration."

Der Lärm der Menschen ging in Flüstern über. Feste warme Finger schlossen sich um ihren rechten Knöchel und er befahl: „Gib mir deinen Fuß, Jessica. Jetzt."

Sie atmete tief durch, ließ ihn ihr rechtes Bein heben und ihren Fuß in den Bügel legen. Sie biss die Zähne zusammen, als sich ein Riemen um ihren Knöchel schloss und ihren Fuß an das kalte Metall fesselte. Verdammt, ihr Arzt benutzte nie Gurte – Fesseln machten das Ganze noch nervenaufreibender.

Er packte ihren linken Fuß, zog die Beine auseinander und setzte ihn in den anderen Bügel. Die Luft fühlte sich schockierend kühl an ihrem erhitzten Gewebe an. Ein weiterer Riemen an ihrem anderen Fuß. Sie war gefesselt – an Armen und Beinen. *Und blind.*

Ihre Hände schlossen sich zu Fäusten, als sie versuchte, nicht in Panik zu verfallen.

Und er wartete, eine warme Hand lief ihre Wade auf und ab. „Für neue Subs kann die Erfahrung, sich in einer Szene zu befinden, überwältigend sein. Die Verlegenheit, ja sogar Angst, kann sie davon abhalten, erregt zu werden oder Befreiung zu erlangen. Das führt dazu, dass die reguläre Stimulation für Anfänger oft nicht den Zweck erfüllt."

Ihre Muskeln lockerten sich, als sie seiner warmen, tiefen Stimme zuhörte.

Dann umfasste er ihre Hüften und zog sie zum Ende des Tisches. „Die Positionierung auf dem Untersuchungstisch ist sehr wichtig", sagte er. „Der Hintern der Patientin muss weit über den Rand hinausreichen." Er ließ los. „Und bei dem, was ich tun werde, ist zu viel Bewegungsfreiheit nicht gut." Etwas wurde über ihren Unterleib befestigt. Ein Riemen, der sie an Ort und Stelle hielt.

Er drückte die Bügel zur Seite, spreizte ihre Beine, bis sie aufklaffte. *Oh Gott.* Sie konnte das tun. Sie musste. Ihre Beine zitterten unkontrolliert.

Etwas schabte über den Boden. Ein Klicken. Sie konnte die Hitze einer Lampe zwischen ihren Beinen spüren – an ihrer intimen Zone – und sie biss die Zähne zusammen.

Sie hörte jemanden sich bewegen, hörte Sirs Stimme nah bei ihr. Seine Finger streichelten ihr Gesicht und seine Lippen strichen sanft über ihre. „Ruhig, Kleines, niemand wird dir wehtun. Hast du Schmerzen?"

Sie schaffte es zu sagen: „Nein, Sir."

Dann sagte er: „Fang ganz langsam an, zärtlich", und sie verstand nicht, was er meinte, bis sie Hände auf ihren Brüsten spürte. Nicht Sirs Hände.

Sie wölbte sich hoch, schüttelte den Kopf. „Nein."

„Jessica." Sirs Stimme war leise, aber bestimmt. Unerbittlich. „Du hast nicht die Erlaubnis zu sprechen. Kannst du still sein?"

Knebel – sie hatte Bilder im Internet gesehen. Seine Stimme sagte, er würde das tun, er log nicht. Sie nickte zögerlich.

„Ausgezeichnet." Seine Schritte erklangen, bewegten sich zum Ende des Tisches. „Fahre fort, bitte."

Die Hände des Fremden bewegten sich, streichelten zart über ihre Brüste, die schon empfindsam waren von Sirs Aufmerksamkeiten zuvor. Sie versuchte, sich nicht darauf zu konzentrieren, es zu ignorieren, aber die Finger waren schwielig und aufreibend rau an ihrer weichen Haut. Sie spürte, wie ihre Brustwarzen sich verräterisch zusammenzogen.

„Sehr schön", murmelte Sir. „Und hier unten beginnen wir mit einer Oberflächenuntersuchung. Hübsche rosa Lippen." Ein Finger strich nach unten über ihre Falten, ließ sie schockiert zusammenzucken. Er berührte sie tiefer, an ihrem Anus, und sie versuchte, nicht zurückzuziehen. „Gesunder kleiner Arsch, noch nie benutzt."

Seine Finger berührten ihren Kern.

„Ausreichend feucht, schön und schlüpfrig", gab Sir bekannt, dann zog er ihre äußeren Schamlippen auseinander, stellte sie mehr zur Schau. Sie versuchte sich vorzustellen, dass es nur eine reguläre Untersuchung war. Sie hatte solche schon vorher gehabt.

„Für diejenigen, die noch keine Anatomie-Lehrstunden hatten", sagte Sir, „dies ist eine reizende Muschi. Die Vagina erstreckt sich von hier aus nach oben." Ein Finger streichelte ihre Falten, glitt dann in sie hinein und sie keuchte, als die Hitze durch sie schoss. Sie konnte nicht vor all diesen Leuten erregt werden, das ging nicht.

Er zog seinen Finger wieder heraus, glitt durch ihre Falten nach oben. „Und dies ist die Klitoris, oder auch Kitzler, extrem empfindlich. Sie muss von Säften feucht gehalten werden."

Seine Finger wirbelten in ihr herum, ließen ihre Hüften wackeln und strichen dann hoch zu ihrer Klit, glitten darüber und rundherum, bis sich das Verlangen in ihr verstärkte.

„Nippel", murmelte er und verwirrte sie damit, bis die Finger des Fremden ihre harten Brustwarzen umkreisten, jede kleine Erhebung betasteten, sanft daran zogen, bis ihr Rücken sich wölbte.

Sirs Finger entfernten sich plötzlich, ließen sie leer und voller Verlangen zurück. „Nun lasst uns einige Methoden durchgehen, um resistente Subs zu überwältigen." Sie hörte ein Geräusch, als würde ein Paket aufgerissen werden. „Ich habe eine Vorliebe für dieses kleine Spielzeug. Drei Geschwindigkeiten. Auch hier ist ausreichend Feuchtigkeit zwingend notwendig."

Ein spritzendes Geräusch, dann Finger an ihrem Poloch. Sie schüttelte wild den Kopf, versuchte, nicht vor Schreck aufzuschreien, als etwas an und in ihr Rektum geschoben wurde. Etwas Glattes und Hartes und Fremdes. Dies war keine ärztliche Untersuchung. Sie wehrte sich gegen die Fesseln, mit Händen und Füßen. Nichts gab nach.

„Hast du Schmerzen, Jessica?", fragte Sir und streichelte ihre Beine. Wartete auf ihre Antwort.

Bei seiner sanften Stimme hörte sie auf, sich gegen die Fesseln anzuspannen, versuchte nachzudenken. Das Ding, das in sie hineingeschoben wurde, fühlte sich merkwürdig an. Falsch. Erschreckend. Aber sie hatte keine Schmerzen. „Nein, Sir", flüsterte sie.

„Ehrliches Kleines", murmelte Sir. Sie spürte seine Finger zwischen ihren Pobacken und das Ding in ihr bewegte sich. „Ich werde es auf langsam schalten."

In ihrem Arsch begann es zu vibrieren, die Empfindungen erschreckten sie. Mit zusammengebissenen Zähnen versuchte sie ihr Gesäß gegen den Tisch zu reiben, um das Ding zu entfernen, wollte, dass es aufhörte, aber ihr Hintern war zu weit weg vom Rand, und der Gurt an ihrem Bauch hielt sie fest.

„Dann haben wir noch dieses kleine Spielzeug", sagte Z. Ein weiteres reißendes Geräusch ertönte. „Ich persönlich bevorzuge Ruhe in der Mitte und Vibrationen hinten und vorne. Statt eines vibrierenden Dildos benutze ich deshalb oft das hier. Ebenfalls auf unterster Stufe."

Etwas berührte ihre Klit, legte sich so sanft darüber, dass sie zuerst nicht reagierte. Dann erklang ein winziges Brummen, und das Ding vibrierte exakt an der Spitze des empfindlichen Bereichs, den seine Finger bereits erregt hatten. Ihre Hüften zuckten, als jeder Nerv in ihrem Körper zum Bewusstsein erwachte. Sie stöhnte.

„Ausgezeichnet." Z kicherte. Die Vibrationen an ihrer Klit ließen die in ihrem Hintern irgendwie erregender wirken. Zwischen diesen Empfindungen spürte sie seine Finger rund um ihre Muschi streichen, sie necken, bis die Muskeln an der Innenseite ihrer Oberschenkel krampfartig zuckten. „Mund, bitte."

Plötzlich schloss sich ein heißer Mund um ihre Brust, saugte an ihrem Nippel, züngelte ihn fest. Sie wölbte sich mit einem Schrei, der durch den Raum tönte.

„Schließlich hier, für den Staatsstreich, der Alltagsdildo. Dieser ist aus weichem Latex mit sanften Noppen." Sie fühlte nur die Zähne an ihren Nippeln, die Vibrationen in ihr, an ihrer Klit. Ihr Innerstes zog sich zusammen. Sie zitterte, wand sich, schmerzte, brauchte nur noch ein wenig mehr zur Erlösung – nur, dass sie das nicht wollte. Zum Orgasmus kommen, hier, in diesem Raum? Sie wollte nicht vor all diesen Leuten die Kontrolle verlieren. *Nein, nein, nein.*

Keuchend begann sie, die Multiplikationstabellen in ihrem Kopf zu durchlaufen. *Elf mal elf sind einhunderteinundzwanzig. Konzentriere dich, verdammt.* Sie spürte, wie der schreckliche Drang zum Höhepunkt zurückging.

Sir lachte leise und murmelte: „Nun, das ist eine hartnäckige Sub."

Zur ihrer Überraschung stoppten die Vibrationen an ihrer Klit, stoppten in ihrem Rektum. Der Mund verließ ihre schmerzenden Nippel, ließ sie feucht in der kühlen Luft zurück.

Sir war still, nur seine Hand strich über ihre Wade, auf und ab, ließ sie wissen, dass er hier war.

War sie fertig? War es vorbei? Ihr Kopf drehte sich, sie seufzte vor Erleichterung, dann begann sie, sich Sorgen zu machen. Sir hatte ganz sicher mehr gewollt als nur eine Lektion über eine medizinische Untersuchung, er hatte gewollt, dass sie einen Orgasmus bekam. Hier, vor all den Leuten. Und nun würde er von ihr enttäuscht sein. Der Gedanke tat weh, aber sie konnte einfach nicht –

Dann begannen die Vibrationen wieder, jetzt hart und schnell, an ihrer Klit, in ihrem Arsch. Ein heißer, feuchter Mund schloss sich um einen Nippel, während Finger den anderen kniffen. Sie keuchte, wurde starr, fiel zurück in eine schockierende Erregung.

Und dann glitt etwas Hartes und Dickes in ihre Vagina, etwas, das sie völlig ausfüllte und ihr Gewebe anschwellen ließ, sodass es gegen die Vibrationen an jeder Seite drückte. Ihre Hüften zuckten unkontrollierbar, als es hinein- und hinausglitt, und plötzlich verbanden sich alle Empfindungen in ihrem Körper. Sie konnte es nicht aufhalten. Helle Lichter explodierten hinter ihren Augen, als sie von gewaltigen Krämpfen überwältigt wurde. Sie schrie, schrie wieder und wieder, ihr Körper zuckte, als ihre Vagina sich um den harten Eindringling zusammenzog.

Alles schien finster um sie herum zu werden, für einen Moment herrschte Stille. Dann hörte sie die Menge jubeln und applaudieren. Sie keuchte und zuckte, als der Dildo weggenommen wurde und sie mit einem leeren Gefühl zurückließ.

Die Vibratoren hatten aufgehört, sanfte Hände entfernten sie von ihrer empfindlichen Klit und ihrem Poloch. Sie lag schlaff auf dem Tisch, ihr Herz hämmerte. Hände streichelten zart ihre Brüste. Sie konnte Sirs raue Wange an der weichen Innenseite ihres Oberschenkels spüren, dann seine Lippen.

„Wie Sie sehen können", sagte Sir, „sind Vibratoren ein exzellentes Werkzeug für Spiele mit Neulingen, die Kombination dieser drei wird einen Orgasmus erzwingen, den eine scheue Person sonst zurückhalten würde."

„Und" – seine Finger begannen sie dort unten zu streicheln, ein Finger glitt zwischen ihre geschwollenen Schamlippen – „wenn die Barriere einmal zerstört wurde, ist der nächste Höhepunkt leichter hervorzurufen."

Der Finger, zwei Finger, eröffneten ein hartes Streichen in ihre Muschi, kletterten hoch und trafen einen Punkt, wo sie plötzlich spürte, wie das Verlangen sie überwältigte und ihre Hüften im Takt zuckten.

„Eine Frau kann leicht noch einmal kommen, wenn man ihren G-Punkt findet. Und in dieser Position ist ihre Klit natürlich gut verfügbar."

Während die Finger in ihr einen Druck aufbauten, dem sie sich nicht entziehen konnte, legte Master Z seinen Mund auf ihre Klit. Seine Zunge flog über sie, seine Lippen schlossen sich darum und er saugte ihre Klit in seinen Mund. Sie wölbte sich unkontrolliert seinem Mund entgegen und zerrte mit einem hohen Schrei an den Fesseln, als er sie in einen langen, intensiven Orgasmus zwang.

Er streichelte sie innen und außen, bis ihre Muskeln zu schwach waren, um weiter zu krampfen, bevor er seine Finger zurückzog. Der Hocker quietschte, als er aufstand. „Und damit ist diese Lektion zu Ende. Bitte kommen Sie doch später zu mir, falls Sie noch irgendwelche Fragen haben."

Das Geflüster entfernte sich und dann war es in diesem Bereich ganz still, sodass Jessica ihren eigenen keuchenden Atem hören konnte.

„Ruhig, Kätzchen, es ist vorbei. Du bist gleich wieder frei."

Ihr Herz klopfte, sie zitterte überall und konnte sich nicht bewegen, als Sir die Riemen an ihren Händen und Füßen löste. Nachdem er ihr die Augenbinde abgenommen hatte, blinzelte sie in das Licht und sah Cullens Gesicht.

Cullen?

„Du, süße Sub, hast wundervolle Brüste", brummte er, pflanzte einen Kuss auf ihre Lippen und verließ den Raum.

Ihr Zittern ließ nach, als Master Z ihr half sich aufzusetzen. Ohne zu sprechen, wickelte er eine dicke, weiche Decke um sie, hob ihr Negligé auf und trug sie nach draußen in die laute Bar.

KAPITEL ELF

Zachary fand eine einigermaßen leere Ecke und setzte sich auf eine Couch, mit seiner bebenden kleinen Sub auf dem Schoß. Clubmitglieder gingen vorbei, mitunter nickten sie lächelnd, keiner sagte etwas. James grinste ihn an und hielt den Daumen hoch.

Jessica hatte immer noch nichts gesagt, als er sich mit ihr zurücklehnte und sie sich an seine Brust schmiegte.

„Du warst wundervoll", murmelte Zachary und hielt sie fest in seinen Armen, ließ sie in ihrer eigenen Geschwindigkeit in die Welt zurückkehren. „Ich bin sehr stolz auf dich, Kleines."

Sie schauderte, ein anhaltendes Frösteln ging durch ihren ganzen Körper, und er zog die Decke fester um sie herum, machte es ihr bequemer an seinem Körper. Er ließ seine Wange auf ihrem Kopf ruhen, entspannte sich zusammen mit ihr. Für einen Dom war der intensive Fokus, der bei einer Szene erforderlich war, besonders mit einem Neuling, anstrengend, aber gleichzeitig auch berauschend.

Für eine Sub … Jessica hatte ihre Hemmungen hinter sich gelassen, ihre Reaktionen frei gezeigt, nicht zurückgehalten. Doch jemand mit ihrer Persönlichkeit – bescheiden, kontrolliert, reserviert – könnte einen Schock erleiden, wenn er jetzt im Stich gelassen würde.

Wenn sie es brauchte, den Rest der Nacht gehalten zu werden, dann sollte es so sein.

Als ihr Zittern nachließ, konnte sie ein leises Dröhnen in ihrem Ohr hören, realer als die Musik, die überall sonst gespielt wurde. Der Duft von Zitrusseife, vermischt mit dem moschusartigen Aroma eines Mannes, umhüllte sie, und sie bemerkte, dass ihre Wange an Haut und federndem Brusthaar ruhte. Sie war von Armen umschlungen.

Sie blinzelte, fühlte sich behütet und warm. Eine Decke schützte sie von den Zehen bis zu ihren Schultern, versteckte sie vor den anderen. Ihr Blick verweilte auf den Menschen, die an ihr vorbeiliefen, Menschen, die sie anschauten, aber nicht sprachen.

Sie lag nur eine Zeit lang da, nicht fähig, ihre Gedanken schnell genug zu sammeln, um sich bewegen zu wollen. Sie war an ihrem *glücklichen Ort*, wie ihr kleiner Neffe sagen würde.

Sir – und es war Sir, sie erkannte ihn am Duft und an seinen Armen – schien es nicht eilig zu haben, sie zu verlassen. Schließlich gelang es ihr, tief Luft zu holen und ihren Kopf zu heben.

Seine Hand streichelte ihren Arm. „Willkommen zurück, Kleines", murmelte er, seine Stimme sandte dabei ein lustiges Beben durch sie hindurch. Sie spürte, wie seine Lippen ihr Haar berührten.

Sie zwang sich ein wenig in die Höhe und drehte sich, sodass sie ihn anschauen konnte, fühlte sich, als würde sie ihn zum ersten Mal sehen. Er war so ... männlich, so kontrolliert. Er hatte Linien an den Augenwinkeln, sein kräftiger Kiefer zeigte einen leichten Bart, sein Gesicht war schmal und markant. Schwarze Augenbrauen zuckten hoch, als sie nun sein Kinn berührte. Als seine Lippen sich zu diesem für ihn typischen leichten Lächeln verzogen, strich sie mit dem Finger über seine Unterlippe und bemerkte die samtige Weichheit, die die Härte überlagerte. Wie alles an ihm, so glatt an der Oberfläche, aber unnachgiebig – anspruchsvoll – darunter.

„Ich kann mich nicht erinnern, den Raum verlassen zu haben." Ihre Stimme war heiser, ein wenig rau, und sie runzelte die Stirn. „Ich erinnere mich nicht an eine Decke."

Er hob die Hand von ihrer Schulter, um ihr Gesicht zu streicheln. „Wenn eine Sub etwas so Intensives erfährt, ist es nicht ungewöhnlich, dass sie sich in ihr Inneres, in ihren eigenen Kopf zurückzieht. Wir haben in allen Räumen Decken."

„Oh." Wow. Aber so gehalten zu werden, war wundervoll. Sie ließ ihre Gedanken zurückwandern zu dem, was geschehen war, die Hilflosigkeit, die Empfindungen, die größer und größer geworden waren, bis sie es nicht mehr hatte verhindern können, dass sie kam. Sie erinnerte sich an Cullens Hände, seinen Mund auf ihr – sie schauderte –, an die Leute, die zugesehen hatten.

Sie versteifte sich ein wenig. „Du hast ihnen gesagt, wie man mit einem Neuling umgeht. Woher wusstest du, dass ... ich dich lassen würde ...?"

„Das wusste ich nicht, Kätzchen." Er strich ihr das Haar aus dem Gesicht. „Sowohl Daniels als auch Melissas Sub sind ebenfalls neu im öffentlichen Inszenieren."

„Oh."

Sie senkte den Kopf und flüsterte in seine Schulter: „Ich habe mich so geschämt."

„Ich weiß." Seine Hand hielt ihren Hinterkopf fest, sein regelmäßiger Herzschlag an ihrem Ohr beruhigte sie. „Ich habe es bemerkt. Es hat dich aber auch erregt."

Sie versteifte sich. Sicher nicht. All diese Augen, die sie anstarrten, ihre nackten Brüste, ihr ... Ein Schauer lief durch sie. Zur Hölle mit ihm, dass er das wusste. „Vielleicht ein wenig."

„Mmmhmm."

„Du hast ... jemand anderem erlaubt, mich zu berühren." Der Schock darüber hallte immer noch in ihr nach.

„Das habe ich. Warum denkst du, habe ich das erlaubt?"

Was sollte das werden, ein Test? Aber sie fühlte sich zu wohl, zu erschöpft, um erbost zu sein. Warum hatte er das getan? „Um mich mehr zu ... stimulieren?"

„Gut." Er gab ihr einen Kuss auf den Kopf. „Das war ein

Grund. Aber ich hätte diese Methode nicht bei einer anderen Sub angewendet. Warum bei dir?"

Er hatte das nur für sie getan? Aber ... ihr wurde kalt, als ihr die Antwort einfiel. „Wegen meiner Reaktion im Spielzimmer. Wegen der beiden Männer."

„Du warst erregt von der Vorstellung. Und als du den Schrecken einmal überwunden hattest, haben dich Cullens Hände auf dir erregt."

Oh, Gott, ja, das hatten sie. „Macht dir das nichts aus? Zu teilen?"

Er bellte vor Lachen. „Ich stelle fest, dass ich bei dir besitzergreifender bin als normal. Aber was für eine Art Master wäre ich, wenn ich wüsste, dass du etwas Bestimmtes ausprobieren möchtest, und ich ließe es nicht passieren?"

Er hatte das für sie getan? Sie fühlte seine Arme um sich, während sie darüber nachdachte. Wie es sich angefühlt hatte, Sirs Hände auf sich zu haben und den Mund eines anderen Mannes auf ihren Brüsten. Ein beunruhigender Hauch von Erregung breitete sich in ihr aus. Es hatte ihr gefallen, zwei Männer zu haben. Oh ja, das hatte es. Wie viele verwirrende Enthüllungen über sie würde Sir noch aufdecken?

„Soll ich mich jetzt bei dir bedanken?", grummelte sie.

„Irgendwann, glaube ich, wirst du das tun", sagte er mit einem Anflug von Lachen in der Stimme.

„Warum Cullen?"

„Weil du ihn magst, Kätzchen. Dich schon zu Beginn

von einem völlig Fremden berühren zu lassen, hätte dir hinterher vielleicht Probleme bereitet."

Und das unausgesprochene Versprechen für mehr ließ ihre Zehen kribbeln und wischte alles weg, was sie hätte sagen können.

„Ich habe mich gefreut, dass du mutig genug warst, dich freiwillig zu melden, Kätzchen. Und ich bin sehr zufrieden mit dir. Du hast mir genug vertraut, um loszulassen, darauf vertraut, dass ich mich um dich kümmere, dies ist der Baustein für alles." Er küsste sie so zärtlich, dass sie Tränen in den Augen spürte. „Es ist ungewöhnlich, dass jemand aufgrund der Umstände so schnell in diese Sache hineingerät. Du bist eine starke Frau."

Sie schnaubte. „Jetzt gerade fühle ich mich nicht besonders stark."

„Nein. Und deshalb sitzen wir einfach hier und sehen eine Zeit lang zu, wie die Welt vorüberzieht."

„Wir sind schon eine ganze Weile hier", vermutete sie und beobachtete, ob seine Augen es bestätigten. „Solltest du nicht dort draußen sein und nach dem Rechten sehen?"

Er hielt sie mit dem Rücken fest an seine Brust gedrückt, seine Stimme dröhnte in ihrem Ohr. „Du, Liebling, bist wichtiger als alles andere."

Und er hielt sie fest.

Schließlich setzte sie sich wieder auf. „Ich bin bereit aufzustehen."

„Dann solltest du das tun." Er nahm die Decke von ihren Schultern.

Kalte Luft strich über ihre nackten Brüste und sie quiekte und bedeckte sich wieder. Mit einem tiefen Lachen hob er ihr Nachthemdchen auf und zog es ihr über. Nachdem er ihr Neckholder-Top an ihrem Nacken zugebunden hatte, brachte er ihre Brüste in die richtige Position, als hätte er jedes Recht, sie so einfach zu berühren.

„Du wirst ja wieder rot." Er legte einen Finger an ihre Wange und kniff die Augen leicht zusammen. „Nach allem, was ich in –"

Sie presste eine Hand auf seinen Mund, damit er still wurde.

„Meine Finger waren an intimeren Orten als deinen Brüsten", flüsterte er, ihre Hand ignorierend. Der Idiot. „Genau wie mein Mund, meine Lippen und meine Zunge."

Die Erinnerung an die Art, wie sie sich zuletzt gewunden hatte, unter seinen Händen, seinem Mund, ließ Wärme in ihre Lendengegend fließen. „Du bist unmöglich."

Seine Lippen verzogen sich unter ihren Fingern. „Und du warst sehr laut."

Oh Gott, das war sie gewesen. Sie presste ihre Stirn an seine Schulter, versteckte ihr Gesicht. „Wie kann ich jemals wieder jemandem hier ins Gesicht schauen?", stöhnte sie. „Sie haben gesehen –"

Er nahm sie bei den Schultern, drückte einen Kuss auf

ihre Wangen. „Kätzchen, viele der Subs hier haben schon so eine Inszenierung mitgemacht."

„Das hilft mir nicht." Jede intime Stelle ihres Körpers war zur Schau gestellt worden.

„Auf geht's", sagte er lebhaft und stellte sie auf die Füße. Er warf die Decke über die Rückenlehne der Couch. Als sie ihren viel zu kurzen Rock hinunterzog, bemerkte sie, dass sie darunter rein gar nichts trug.

„Ich glaube, du hast dir einen Drink verdient, oder?" Er legte einen Arm um sie und schlenderte mit ihr zur Bar. Sie liebte es wirklich, wie er sie so nahe bei sich hielt, als wäre er stolz auf sie.

Cullen war dort und sie erstarrte, als sie noch ein paar Schritte von der Bar entfernt waren. Er hatte sie *berührt*, hatte an ihren Brüsten gesaugt. Sirs Arm drängte sie vorwärts, aber ihre Füße wollten sich nicht bewegen. Sie schaute zu Sir hoch und schüttelte den Kopf.

Er seufzte, sein Blick traf Cullens. Cullen hatte sie beobachtet. *Oh Gott.*

Sir neigte seinen Kopf zu ihr und sie versuchte sich zurückzuziehen, aber der Griff um ihre Taille, der vorher so sanft war, war nun wie ein eisernes Band.

Cullen kam um die Bar herum. Sie starrte auf den Boden, blinzelte, als seine großen Füße in ihrem Blickfeld erschienen. „Jessica."

Sie konnte sich nicht bewegen. Er lachte dröhnend. Eine schwielige Hand fing ihr Kinn ein und zwang ihren Blick hoch. „Keine Panik, meine Liebe. Weil du Master Zs

Sub bist, darf ich dich nur mit seiner Erlaubnis berühren, und ich kann sehen, dass das nicht zu oft passieren wird. Er ließ mich nur mitspielen, weil du diese extra Empfindungen brauchtest, um zum Höhepunkt zu kommen." Und weil Sir wusste, dass die Vorstellung von zwei Männern sie angeturnt hatte. Cullen wusste das sicher nicht.

Er grinste sie an, ein weißer Strich im Gesicht eines Boxers. „Ich habe es sehr genossen, dich zu berühren, Schätzchen, aber du musst nicht vor mir davonlaufen. Ist das klar?"

Sie nickte, nicht sicher, warum sie so verängstigt war.

„Wenn du erlaubst, Z, hätte ich gern eine Umarmung von deiner Sub, damit ich weiß, dass mir verziehen wird und alles okay ist." Er trat zurück.

Sir murmelte „Erlaubt" und sein fesselnder Arm entfernte sich.

Cullen streckte ihr seine Arme entgegen. Wartete. Seine Augen hatten den gleichen Ausdruck wie Sirs, ein unausgesprochener Befehl.

Okay. Sie mochte Cullen, er war nur gut zu ihr gewesen. Und ... okay. Tief durchatmend machte sie einen Schritt auf ihn zu, spürte seine Arme um sich herum, anders als die von Sir, aber genauso wohltuend. Er war so groß, ihr Kopf reichte nur bis zur Mitte seiner Brust. Er drückte sie einmal, dann ließ er sie los.

„Nun." Er strich mit einem Finger über ihre Wange. „Viel besser. Also, was kann ich dir zu trinken bringen?"

KAPITEL ZWÖLF

I n den nächsten paar Stunden versuchte Sir nicht, sie in irgendeinen der Szenenräume zu bringen oder mehr zu tun, als sie zu streicheln oder zu küssen, als wüsste er, dass sie zu irgendetwas Intimerem nicht bereit war. Nicht zu diesem Zeitpunkt. Sie spazierten durch die Menge, plauderten hier und da mit ein paar Leuten und mieden die intimeren Paare.

Sie verhielten sich wie ein normales Paar bei einem Date, dachte sie und versuchte die Empfindungen ihres Körpers in seiner Nähe zu ignorieren und die Art, wie seine Stimme die Luft um sie herum erhitzen konnte.

„Es gibt ein fieses Problem im Kerker, Z." Einer der Kerkermeister kam herbei, sein Gesicht war gerötet.

Master Z ging zwei Schritte in jene Richtung, blieb aber dann stehen und schaute stirnrunzelnd zu Jessica.

„Mmmh, das ist kein guter Ort für dich." Er führte sie

zu einer nahegelegenen Sitzecke, die von einer Frau, etwa vierzig, und einer prallen Blondine, etwa in Jessicas Alter, besetzt war. „Meine Damen, kann ich Jessica einen Augenblick hierlassen?", fragte Sir.

„Natürlich, Master Z", antwortete die ältere Frau. „Es wäre uns eine Freude."

„Ich kann mit dir gehen", flüsterte Jessica ihm zu.

„Nicht in den Kerker, nicht, wenn es Ärger gibt", sagte er und drückte sie in einen Sessel. Zu ihrer Überraschung hakte er ihre Hände aneinander und dann an eine lange Kette auf dem Boden, bevor er ihr einen harten Kuss auf den Mund gab. Er blickte zu den Frauen. „Danke, Ladies."

Sie hatten kaum eine Chance zurückzulächeln, als er auch schon schnell davonging.

Gut. Jessica zerrte an der Kette, die lang genug war, dass sie stehen und vielleicht einen Schritt machen konnte. „Verdammt, was habe ich jetzt wieder falsch gemacht?"

„Du bist neu, nicht wahr?", fragte die Brünette.

Jessica nickte.

„Ich heiße Lenora. Du hast nichts gemacht. Die Kette bedeutet, dass du schon einen Dom hast, dass du nicht mehr verfügbar bist."

„Oh". Erleichterung überkam sie und sie lehnte sich im Sessel zurück und schob die Füße unter sich. „Vielen Dank."

Die Blondine lehnte sich vor, ihr Nachthemd war länger als Jessicas, aber das Oberteil viel enger und tiefer ausgeschnitten. „Ich habe Master Z noch nie jemanden außerhalb einer Szene anketten sehen. Er muss dich wirklich mögen."

Jessica lachte. „Ich soll es als Kompliment sehen, angekettet zu werden? Ich glaube nicht, dass ich diesen Ort hier je verstehen werde."

„Am Anfang ist es ziemlich seltsam hier", sagte Lenora. „Aber dies ist der beste Ort in der Gegend, etwas zu lernen. Master Z behält die Dinge immer im Auge."

Das war eines der Dinge, die sie an ihm so bewundernswert fand. „Also, kannst du mir vielleicht sagen –" Sie blickte auf, als ein Mann in schrillem roten Leder auf sie zukam und sie anlächelte.

„Hi. Ich habe dich hier noch nie gesehen."

Seine Haltung verriet, dass er ein Dom war, jedoch hatte er nicht das gewisse Etwas wie Master Z oder Cullen. Er entdeckte die Kette, die an ihren Handgelenksmanschetten hing und schaute mürrisch. „Schon vergeben, was?"

Er drehte sich zu der kleinen Blondine. „Maxie, komm mit mir."

Maxie schüttelte den Kopf. „Ich möchte nicht mit dir kommen, Nathan, und außerdem kann ich hier nicht weg."

Sein Gesicht verfinsterte sich. „Ich dulde keine Widerrede von Subs, besonders nicht von Fotzen wie dir." Er griff nach unten und packte ihr Handgelenk.

Jessica sprang auf ihre Füße und realisierte, dass mit den angeketteten Armen ein Schlag nicht weit genug reichen würde. Stattdessen gab sie dem Kerl einen Tritt direkt in den Hintern.

Er ließ Maxies Hand fallen und fuhr herum. Ziemlich angepisst.

Als er nach vorne schoss, wich Jessica so weit zurück, bis die verdammte Kette sich anspannte. Sie verlagerte das Gewicht auf ein Bein und machte sich bereit, mit dem zweiten einen weiteren Tritt zu landen.

„Schluss jetzt." Daniel kam herbei und verdrehte Nathans Arm auf dessen Rücken und zog daran, bis der Kerl sich auf die Zehenspitzen stellte, um sein Schultergelenk vor dem Auskugeln zu bewahren.

Gute Arbeit, dachte Jessica, er ließ es richtig leicht aussehen.

„Zeit, die Nacht zu beenden, Kumpel", sagte Daniel, seine Stimme war locker, sein Gesicht wütend. „Jemand wird sich mit dir wegen deiner Mitgliedschaft in Verbindung setzen." Dann schleppte er den Mann weg.

Mit schmerzhaft klopfendem Herzen sank Jessica in ihren Sessel zurück.

Cullen erschien und kniete neben ihr nieder. „Du musst aufhören, Mitglieder zu verprügeln, Süße. Für eine Sub hast du ein echtes Aggressionsproblem." Sein Lächeln verschwand und sein Gesicht wurde hart, als er sie prüfend anschaute. „Bist du verletzt?"

„Nein. Mir geht es gut." Jessica fuhr mit den Händen ihre Arme rauf und runter, sie fröstelte. Sie sah, wie die Blondine das Gleiche tat. „Bist du okay?"

Maxie nickte. „Ich kann nicht glauben, dass du das getan hast." Ihre Augen wurden feucht und sie schniefte.

„Du hättest verletzt werden können. Nathan kann ziemlich gemein sein."

Jessica lächelte. „Prellungen heilen. Zusehen, wie jemand verletzt wird, wenn man doch etwas dagegen tun könnte ... das heilt nicht so schnell." Wie die Schuld ihrer Schwester gegenüber. Ihr Mund spannte sich an.

Cullen erhob sich. „Maxie, warum kommst du nicht eine Weile mit mir an die Bar. Lass mich dich im Auge behalten."

Maxies Mund formte ein O und ihre Augen wurden groß. Dann schüttelte sie den Kopf. „Ich kann nicht, Master C. Wir leisten Jessica Gesellschaft für Master Z."

Cullens Lächeln war zurück. „Hingabe zur Pflicht ist eine gute Sache. Komm rüber, wenn du frei bist." Seine Augen blitzten vergnügt. „Wenn du möchtest."

Hinsichtlich der Tatsache, dass Maxie fast zu sabbern begann, dachte Jessica, dass der Barkeeper genau wusste, wie sehr die Blondine wollte. Er schritt zur Bar zurück, wobei seine langen Beine in dem engen braunen Leder wirklich gut zur Geltung kamen.

Maxie seufzte.

Jessica sah sich vorsichtig nach weiteren überaggressiven Männern um und lehnte sich in ihren Sessel zurück. Hier war die Chance, etwas über die weibliche Seite zu erfahren. „Ich glaube nicht, dass Master Z verärgert gewesen wäre, wenn du mitgegangen wärst, um bei Cullen zu sitzen."

Maxies Augen weiteten sich. „Sich Master Z widersetzen? Bist du verrückt? Du widersprichst ihm doch nicht,

oder?" Sie fügte hastig hinzu: „Widersprich ihm *niemals*!"
Die Blondine schien verängstigter zu sein als zuvor, als
Nathan sie gepackt hatte.

Wieso hatte Maxie solche Angst? „Aber, Sir versprach
mir, dass er nie ... er hat mir nur den Hintern versohlt –" Es
fiel ihr schwer, es überhaupt auszusprechen. „Er benutzt
keine Peitsche oder so."

„Oh, ich würde lieber ausgepeitscht werden als –"
Maxies Augen suchten Lenora. „Sag du's ihr."

Lenora nippte an ihrem Drink, dann deutete sie mit
dem Kinn zu einer großen, durchtrainierten Rothaarigen in
einem zweiteiligen Negligé, die neben einem dünnen männ-
lichen Dom saß. „Adrienne dort hat ihrem Dom Ärger
bereitet. Sie hat sich praktisch von unten über ihn gestellt,
hat nicht getan, was er gesagt hat, und hat während einer
Szene Krawall verursacht. Master Z kam dazu. Ich weiß
nicht, was gesprochen wurde, aber ich habe gehört, dass sie
frech zu ihm war."

Lenora wechselte Blicke mit Maxie, dann fuhr sie fort.
„Sein Gesicht ... weißt du, wie tödlich er aussehen kann?
Nun, der Dom war so angepisst, dass er Master Z sagte, er
könne mit ihr machen, was er wollte. Master Z schnappte
sich Adrienne, als wäre sie eine Puppe, warf sie am Ende der
Bar mit dem Rücken auf den Tresen und schnallte sie dort
mit den Beinen in der Luft fest. Und er knebelte sie auch,
was eine gute Sache war, weil sie fluchte wie ein Kessel-
flicker."

Jessica versuchte sich vorzustellen, wie es war, so behandelt zu werden. Auf der Bar? „Wie demütigend. Ich wette, sie war nie wieder frech."

Lenora schüttelte den Kopf. „Oh, es kam noch schlimmer. Er schnappte sich einige Vibratoren und Dildos, legte sie auf den Tresen und verkündete, dass sie jedem zur Verfügung stand, der sich darin üben wollte, eine Sub kommen zu lassen. Jedem."

Jessica bemerkte, wie ihre eigenen Augen größer wurden. „Du meinst ...?"

Maxie nickte und flüsterte fast. „Ich glaube, jeder Dom hier drin hat die Chance genutzt. Adrienne kam so viele Male, dass sie bei den letzten nur noch wimmern konnte."

Oh Gott. Jessica schlang die Arme um sich. „Er hat sie einfach dort gelassen?" Was war er nur für ein Monster.

„Nein, das würde er nicht tun. Master Z würde lieber sterben, als eine gefesselte Sub unbeaufsichtigt zurückzulassen." Lenora blickte hinüber zur Bar. „Er saß direkt an der Theke, nippte einen Drink und schaute zu. Manchmal stoppte er einen Dom, wenn dieser zu grob wurde. Als er sie frei ließ, konnte sie nicht mal mehr stehen. Aber sie hat sich sicher entschuldigt."

Maxie schnaubte. „Seitdem ist sie ausgesprochen höflich, weißt du?" Ihr Grinsen verblasste. „Nun weißt du, warum ich nicht möchte, dass Master Z wegen irgendetwas wütend auf mich ist. Ich bleibe hier, wie er mich gebeten hat."

Jessica konnte ihren Blick nicht von der Bar abwenden. Sie bemerkte, dass Ketten von den schweren Holzbalkenträgern hingen. Gott, und sie hatte gedacht, das Klinik-zimmer wäre schlimm.

„Ich glaube, ich wäre gestorben", flüsterte sie schaudernd.

Lenoras Blick war auf eine Gruppe von drei Doms gerichtet, die an einem Tisch saßen, und es dauerte einen Moment, bevor sie antwortete. „Nun, Adrienne mag Peit-sche und Stock. Sie hat sich teilweise so verhalten, um ausgepeitscht zu werden, und das war das Problem. Aber Master Z fand eine Bestrafung, die sie auf jeden Fall vermeiden wollte. In dieser Hinsicht kann er ziemlich furchteinflößend sein."

„Aber er ist sicher was fürs Bett." Maxie seufzte mit halb geschlossenen Augen.

Jessicas Kopf fuhr herum. Hatte er jemals Sex mit Maxie gehabt? Ein harter Kloß formte sich in ihrer Kehle. „Hat er ... äh, sich schon mit vielen Frauen hier vergnügt?" Ihr Gesicht wurde heiß, als Lenora ihr einen wissenden Blick zuwarf. Sie nickte.

„Oh, er hatte schon viele von uns", sagte Maxie, dann schmollte sie. „Aber er nimmt nie jemanden für mehr als eine Nacht. So wie Master D."

„Und Master C macht es nie für mehr als zwei Nächte, also verlier dein Herz nicht an ihn, Dummkopf", sagte Lenora mit trockener Stimme zu Maxie.

„Oh, das würde ich nie", antwortete Maxie und rutschte herum. „Langfristig wäre er mir zu intensiv, aber heute Nacht brauche ich etwas Intensität."

Im Versuch, das Bild von Sir und Maxie aus ihrem Kopf zu vertreiben, schaute Jessica zum hinteren Bereich, wo jemand schrie. Zwei der Kerkermeister schleppten einen Mann nach vorne. Sir folgte ihnen mit kaltem Gesicht.

Flüche schreiend trat der Kerl um sich, kämpfte und konnte sich plötzlich von den Aufsehern befreien. Er stürmte auf Sir zu.

Jessica keuchte und sprang auf die Füße.

Sir wehrte einen Schlag ab und vergrub seine Faust in den Bauch des Mannes. Der Mann klappte zusammen wie ein Taschenmesser, sein Gesicht wurde purpurrot, als er verzweifelt nach Luft rang. Sir schüttelte den Kopf, übergab den Mann wieder den Kerkermeistern, winkte sie weg und kam auf Jessica zu.

In Anbetracht des tödlichen Gesichtsausdruckes war sie nicht sicher, ob sie davonlaufen und sich verstecken sollte oder nur wimmern. Sie blickte auf ihre Handfesseln. Weglaufen ging nicht. Sie verkroch sich in dem großen Sessel.

Aber bis er bei ihr ankam, war die tödliche Stille verschwunden. Seine Augen wurden warm, als sie versuchte ihn anzulächeln. Er setzte sich mit einer Hüfte auf die Armlehne ihres Sessels und zog sie an sich. Und, mein Gott, das war der Ort, wo sie sein wollte.

„Lenora, Maxie, danke, dass ihr auf Jessica aufgepasst habt", sagte er, seine Stimme war so sanft, als hätte er nicht gerade einen Mann zusammengeschlagen. „Ich sehe, ihr habt gute Arbeit geleistet."

„Nun, es gab nur einen kleinen Zwischenfall", sagte Maxie mit zitternder Stimme, als sie sichtlich ihren Mut stählte, um Sir alles zu erzählen. Oh, zur Hölle. Was, wenn er entschied, dass sich Jessica daneben benommen hatte? Oder sich entschloss, Nathan zu folgen und ihm die Hölle aus dem Leib zu prügeln?

Jessica schüttelte hektisch den Kopf zu Maxie, dann bemerkte sie, dass Sirs Blick auf sie gerichtet war und seine grauen Augen hatten die Farbe von kaltem Silber angenommen. Sie erstarrte.

Seine Hand legte sich um ihren Nacken und hielt sie fest an ihrem Platz. Und verdammt, das Gefühl seiner Hand auf ihr, sogar der Blick in seinen Augen, sandte ein so starkes Verlangen durch sie, dass sie schauderte.

„Sprich bitte weiter, Maxie." Sirs Stimme war sanfter, doch umso beängstigender.

„Es ist nur ... nun, Nathan kam vorbei, er hat Jessica nicht belästigt, Sir, er hat gesehen, dass sie angekettet ist, aber er wollte, dass ich mit ihm gehe." Sie sah Sir mit einer Beklommenheit an und flüsterte: „Ich sagte nein."

„Du hast das Recht, zu jedem hier nein zu sagen, Kätzchen. Das weißt du."

Maxies erleichterter Seufzer war deutlich hörbar und Sirs Lippen verzogen sich. „Er packte mich trotzdem und beschimpfte mich mit üblen Ausdrücken, aber Jessica hat ihn getreten."

Die Hand an ihrem Nacken verfestigte sich zu einem

schmerzhaften Griff, bevor er seine Finger löste. Gnadenlose Augen fixierten sie. „Hat er dir wehgetan, Kätzchen?"

„Nein. Daniel – ich meine, Master D – schleppte ihn
weg und Cullen stellte sicher, dass es uns gut geht. Wir sind
okay, alles okay. Wirklich."

Seine Lippen verzogen sich, wobei die Kälte in seinem
Blick langsam verblasste. Er ließ ihren Hals los und strich
mit den Fingerknöcheln über ihre Wange. „Ich glaube, wir
sprechen später über deinen Drang, andere Frauen zu
beschützen, Jessica."

Oh, zur Hölle, das war wirklich kein Thema, über das
sie sprechen wollte. Sie runzelte die Stirn. Verdammter
Psychologen-Gedankenleser.

Er hob ihr Kinn an. „Hast du eben missbilligend die
Stirn gerunzelt?"

Sie konnte Maxies Keuchen und Lenoras besorgtes
Zischen hören.

„Nein, habe ich nicht." Sie versuchte, ihre Miene zu
entspannen und schaute am Ende erst recht missbilligend.
„Wirklich."

Er lachte, tief und aus vollem Hals, und die beiden
Frauen saßen einfach da und starrten.

„Weißt du, ich glaube, es ist deine Schuld, dass die
heutige Nacht so unruhig ist. Ich hatte wirklich vor, dich
wieder unter mir zu haben, festgenagelt und windend,
schon lange vorher, aber Murphys Gesetz machte diesen
Plan zunichte."

Ihr Verstand musste seine Worte zweimal abspielen,

bevor sie realisierte, was er meinte. Sie fühlte, wie sie rot wurde. Und heiß. Und erregt durch das Bild, dass er ihr in den Kopf gepflanzt hatte: sein Körper auf ihrem, sie unter sich festhaltend und –

„Z! Könntest du das mal abchecken?" Einer der Kerkermeister, die den wilden Mann begleitet hatten, winkte herüber.

Sir seufzte. „Entschuldigt bitte, meine Damen." Er ging zu der Gruppe, die sich um die Bar drängte, musste aber stehen bleiben, als sich eine Frau in seinen Weg kniete. Eine wunderhübsche Blondine mit goldener Bräune, schlank und straff, mit perfekter Figur, die von dem knappen blauen Nachthemdchen kein bisschen verhüllt wurde. Sir sprach mit ihr, sagte etwas, dann hob die Frau ihr Gesicht, blickte ihn an mit einer Mischung aus Lust und Reiz. Kein Mann konnte das ablehnen.

Jessica fühlte, wie ihr Herz zu Boden sank.

Sir berührte die Frau am Kopf, ging um sie herum und gesellte sich zu den Männern. Nun, wenigstens war er nicht gleich hier auf ihr Angebot eingegangen. Immerhin war er ein Gentleman – ungeachtet des Bondages und Paddlings – und würde Jessica heute Nacht nicht für diese Frau sitzenlassen. Nicht heute Nacht.

Ihre Brust schmerzte, sie rieb sich das Brustbein. Sie sollte nicht überrascht sein. Und ohne Zweifel würde sie den Rest des Abends genießen. Sich mehr als diese Nacht von Sir zu wünschen, war dumm.

Sie blickte zu den beiden anderen Frauen und sah

Mitleid auf ihren Gesichtern. Verdammt. Sie drehte sich wieder um, damit sie Sir beobachten konnte, genoss die Art, wie ihm alle Männer zuhörten, wenn er sprach. Niemand unterbrach Master Z, oder?

Er wandte sich um und nahm ein Papier von dem Kerkerwächter entgegen, und Jessica keuchte. Sein schwarzes Hemd war an der Schulter zerrissen, die Haut mit Blut bedeckt. Darunter hing das Shirt nass herunter, obwohl kein Rot zu sehen war. „Er ist verletzt!"

Und niemand tat etwas dagegen. Jessica sprang auf die Füße, zerrte an der Kette. „Er blutet. Lasst mich frei!"

Lenora zog ihre Augenbrauen zusammen. „Wir können das nicht tun, das weißt du."

Jessica knurrte. „Du lässt mich jetzt sofort frei!"

Maxies Augen weiteten sich.

„Du bist eine Idiotin", murmelte Lenora, während sie die Kette löste und Maxie den Ring abschnallte, der die beiden Handfesseln zusammenhielt. Endlich befreit, rannte Jessica zur Bar, bahnte sich einen Weg nach vorne und hob die Hand, um Cullens Aufmerksamkeit auf sich zu ziehen.

Er drehte sich um und sah sie erstaunt an.

„Sir ist verletzt", schnappte sie. „Gibt es ein Erste-Hilfe-Set?"

Er schaute zum Ende der Bar, wo Sir stand, dann zog er eine Kiste aus einem Regal. „Na los, Schätzchen."

Jessica schnappte sich die Kiste und drehte sich um, um sich den Weg freizukämpfen, aber die Leute waren bereits zur Seite gegangen und hatten eine Gasse zwischen ihr und Master Z frei gemacht.

Im Begriff, den Zettel zu lesen, bemerkte er sie nicht einmal, bis sie seinen Arm berührte und das zerrissene Hemd von der Wunde entfernte.

„Jessica, was –"

„Nicht bewegen", befahl sie. Ein Schnitt, tief und hässlich. Ihr Kopf drehte sich für eine Sekunde. Blut war nicht so ihr Ding. Dann setzte sie den Erste-Hilfe-Kasten auf dem Tresen ab und riss ein Gazepäckchen auf. „Du blutest, verdammt."

Er blickte hinunter auf seine Schulter und schüttelte den Kopf. „Drogen und Peitschen passen nicht gut zusammen."

„Er hat dich geschlagen?" Entsetzt schaute sie ihn an.

„Er hat es versucht. Er lädt allerdings immer noch sein Abendessen auf dem Parkplatz ab, also fühle ich mich nicht allzu schlecht dabei. Geschieht mir recht, wenn ich nicht aufmerksamer bin." Er berührte mit sanften Fingern ihre Wange. „Du hast dich um mich gesorgt."

Sie wandte den Blick ab, legte Gaze auf den Schnitt und übte Druck aus. „Das muss wahrscheinlich genäht werden, Master Z." Sie riskierte einen Blick zu ihm hinauf, weil ihr klar wurde, dass sie ihn zum ersten Mal laut *Master* genannt hatte.

Seine dunklen Augen brannten und fixierten sie. Er wusste es. Er strich mit einem Finger über die Oberseite ihrer Brüste und lächelte, als ihre Nippel hart wurden. „Cullen", sagte er, ohne den Blick von ihr zu nehmen.

„Master Z."

„Ich werde meine kleine Sub ihre Bandagierungsarbeit oben zu Ende bringen lassen."

Jessicas Herz machte einen harten Schlag.

„Bitte kümmere dich um den Club", sagte Master Z und blickte auf den Barkeeper.

„Ja, Sir." Cullens Grinsen fiel auf Jessica.

KAPITEL DREIZEHN

Zachary versuchte den Arm um seine Sub zu legen, aber sie nahm seine Hand, legte sie auf den Verband, der seine Wunde bedeckte, und befahl: „Halte das fest."

Er schüttelte den Kopf. Von der Unterwürfigen zum Hitzkopf in fünf Minuten. Der Kontrast war verblüffend. Unwiderstehlich. Ihre Sorge durchströmte ihn wie die wärmende Sonne.

Bis jetzt hatte er nicht bemerkt, dass ihm kalt war.

Schweigend vor Verblüffung, schloss er die private Tür auf und nahm sie mit sich hoch in die dritte Etage. Er knipste das Licht an, winkte sie hinein und holte sein Erste-Hilfe-Set aus dem Badezimmer.

In seiner mit Edelstahlgeräten bestückten Küche aus Granit wirkte sie wie ein Lichtstrahl mit ihren lebhaften Augen und dem hellgoldenen Haar. Sie nahm ihm das Set aus der Hand und kramte darin herum.

Zachary schenkte ihnen beiden etwas zu trinken ein und setzte sich dann an den runden Eichentisch.

Sie hob ihr Glas und trank es auf einen Zug aus.

Er bemühte sich, nicht zu lachen. „Harte Nacht, Kätzchen?" Er schenkte ihr einen weiteren Schuss ein, wenn auch *hinunterschütten* kaum der richtige Weg war, Glenlivet zu trinken.

„Zieh dein Hemd aus."

Seine Augenbrauen hoben sich.

Errötend fügte sie schnell hinzu: „Bitte?"

Mit einem Lächeln zog er sein Hemd über den Kopf und warf es in den Mülleimer. Er blickte auf seine Schulter. Nicht zu stark blutend, nicht zu tief.

Mit zusammengepressten Lippen wusch Jessica die Wunde aus, dann zog sie die Kanten mit dünnen Klebestreifen aneinander. Zum Schluss brachte sie eine Mullkompresse über der Wunde an. „Ich denke, das wird reichen", sagte sie, bevor sie sich auf einen Stuhl am Tisch fallen ließ und den zweiten Schuss Scotch hinunterkippte.

Er überprüfte ihr Werk. „Exzellente Arbeit."

Sie war immer noch blass, also schenkte er ihr einen letzten Drink ein und stellte die Flasche weg. Noch mehr und sie würde weggetreten sein. „Lass uns ins Wohnzimmer gehen", sagte er und verflocht dabei seine Finger mit ihren. Sie hatte eine zierliche Hand mit schmalen Fingern.

Er nahm in seinem Lieblings-Ledersessel Platz, schob den kleinen Kaffeetisch aus Eiche weiter weg und zog sie nach unten auf den Boden, damit sie sich mit dem Rücken zu ihm zwischen seine Beine setzte. Ihre blasse Haut wirkte fast durchscheinend vor dem dunkelroten Teppich.

Sie drehte sich mit beleidigtem Gesichtsausdruck zu ihm. „Sitzt hier das Haustier?"

„Nein ... Kätzchen." Er legte eine leichte Betonung in das Wort, nur um ihr Gesicht erröten zu sehen. „Hier sitzt jemand, wenn er eine Schultermassage braucht." Seine Hände schlossen sich um ihre Schulter, wo ihre Muskeln so verspannt waren, dass er die Knoten quer durch die Küche gesehen hatte.

„Ohhhh."

Das Seufzen erinnerte ihn an ihr süßes Stöhnen, als sein Schwanz in ihre Weichheit eingedrungen war. Er wurde hart, war kurz davor, sie gleich hier auf dem Teppich zu nehmen. Aber das war es nicht, was sie genau jetzt von ihm brauchte. Er grub seine Daumen in ihre Muskeln und spürte, wie sie sich lockerten.

„Sir?"

„Mhmm". Seine Finger bewegten sich zu ihrem schlanken Hals, schoben das kühle, seidige Haar zur Seite.

„Es tut mir leid."

Da war ein leichtes Beben in ihrer Stimme und Sorge, fast schon Angst in ihrem Kopf und er runzelte die Stirn. Was tat ihr leid? Sie hatte ihn angemacht, erinnerte er sich, oder vielleicht, weil sie ihn herumkommandiert hatte? Ah, wahrscheinlich war es das. Für sie war das alles neu.

„Jessica, bei einigen Doms ist es so, dass die Sub beim kleinsten Fehltritt dessen Zorn zu spüren bekommt. Ich arbeite nicht so. Dass du bereit warst, meinen Ärger zu riskieren, nur um dich um mich zu kümmern ... ich fühle mich geschätzt, nicht wütend."

Und dieses Gefühl war immer noch so unerwartet, dass er Schwierigkeiten hatte, seine Balance wiederzufinden.

„Oh." Sie nippte an ihrem Drink, zog die Nase leicht kraus. Nicht ihr Lieblingsgetränk. Er würde seinen Spirituo-senschrank mit etwas anderem als Scotch ausstatten müssen.

Ihre Muskeln spannten sich unter seinen Fingern an und er konnte eine Welle von Sorge – und Empörung – bei ihr fühlen. „Ich habe von der Frau gehört, die du ... die du auf die Bar gelegt hast."

Er unterdrückte ein Lachen und ließ seine Stimme ruhig klingen. „Kein Wunder, dass du dich ein wenig unsicher fühlst."

„Das ist nicht witzig", murmelte sie, und er grinste, weil sie ihn nicht sehen konnte, und konzentrierte sich darauf, die neuen Verspannungen aus ihren Muskeln zu kneten. Sie war ein Nervenbündel. Dabei hatte er geplant, sie bis zu diesem Zeitpunkt schon in heißes Wachs verwandelt zu haben.

Stattdessen gab er Bondage-Unterricht.

Temperamentvolle, feinfühlige kleine Sub. Andererseits hatte es ihm noch nie im Leben so viel Genuss bereitet, jemanden zu unterrichten. Er schlang die Arme um sie.

„Kätzchen, sie wurde für mehr als nur einen kleinen Fehltritt bestraft, sie verbrachte den ganzen Abend damit, ihren Dom bewusst zu nerven. Und er wusste, dass Auspeitschen für sie nur eine Belohnung sein würde."

„Aber warum hat sie das getan?"

„Eine Sub, die ihren Weg verlässt und unverschämt wird, ist eine unglückliche Sub. Sie hat ihn herausgefordert, praktisch darum gebeten, dass er ihr die Kontrolle abnimmt. Wenn sie sich dabei auf ihn beschränkt hätte, hätte ich ihm nur ein paar Ratschläge gegeben. Aber diese Wahl hat sie mir nicht gelassen."

Seine Hände kehrten zu ihren Schultern zurück, lösten die letzten Verspannungen, so wie auch seine Worte ihre Unruhe vertrieben. Sie nickte. „Danke für die Erklärung. Mir war plötzlich, als würde ich dich überhaupt nicht kennen, verstehst du? Natürlich, das tue ich auch nicht, nicht wirklich, aber −" Sie griff nach ihrem Glas und trank es aus.

„Mmmh, da gibt es auch noch einiges, was ich von dir nicht weiß." Wie zum Beispiel, warum seine kleine Sub andauernd Doms attackierte. Er zog sie zurück, sodass er die Muskeln an ihrer vorderen Schulterpartie massieren konnte.

„Was denn?", murmelte sie. Befreit von Sorge hatten sich ihre Empfindungen in ein warmes Summen verwandelt, fast wie ein Schnurren.

„Du warst jetzt zwei Nächte im Club und hast jede Nacht einen Dom angegriffen, um jemanden zu beschützen. Statt einen Aufseher zu suchen, springst du direkt rein."

Jessica fühlte, wie ihr Geist leer wurde, und versuchte

sich aufzusetzen. „Ich … Das würde jeder tun, wenn er damit jemand anderen davor beschützte, verletzt zu werden."

„Natürlich. Was macht es so persönlich für *dich*, Jessica?" Seine Hände hielten sie gegen den Sessel gedrückt. „Das ist −" Sie ließ den Atem los. „Kann ich das für mich behalten?"

„Nun … nein." Er küsste sie auf den Scheitel, aber seine Hände, die an ihrer Brust lagen, bewegten sich nicht. „Erzähl mir, was passiert ist. Wer wurde von einem Mann verletzt?"

Punktlandung. Er musste ein teuflischer Psychologe sein. Und sie hätte diesen letzten Drink nicht nehmen sollen, ihre Gedanken waren in der Hölle zerstreut und verschwunden. „Meine Schwester. Ihr Ehemann hat sie geschlagen, regelmäßig verprügelt."

„Wusstest du davon?" Seine Hände bewegten sich wieder, kreisten sanft, beruhigten.

„Ich hätte es wissen müssen", sagte sie bitter. „Sie war frisch vermählt, ich dachte, es wäre normal, dass sie mit ihrem Ehemann allein sein wollte. Ich glaubte ihr, wenn sie sagte, sie wäre gestolpert, hätte einen Autounfall gehabt. Ich hätte es wissen müssen."

„Ach, Kätzchen", seufzte er. „Missbrauchte Frauen lügen wie Soldaten, sie schämen sich, sind sich sicher, dass sie irgendetwas getan haben, womit sie den Schmerz verdient haben, oder sie sind der Meinung, dass nur Verlierer verletzt werden, oder sie haben zu viel Angst vor ihrem Peiniger.

Gib dir nicht die Schuld daran. Ist deine Schwester ihm entkommen?"

„Ja. Sobald wir wussten, was los war, holten wir sie raus. Er sitzt seine Zeit ab."

„Und deine Schwester hat Ängste, oder?", sagte er weich. „Innerlich und äußerlich und du fühlst dich jedes Mal schlecht, wenn du so etwas siehst."

Ihre Kehle schnürte sich zu bei dem Mitgefühl in seiner Stimme. Dem Verständnis. Sie schluckte, blinzelte ein paarmal. Eine Minute später schaffte sie es zu sagen: „Verdammt, du bist gut. Bist du Psychologe oder so etwas?"

Er lachte. „Sollte ich je einen Dom auf dem Boden liegen sehen, dann weiß ich jetzt wenigstens, warum." Er stupste sie kurz an. „Aber, kleiner Hitzkopf, wenn ich in der Nähe bin, lass mich das machen. Das ist mein Job."

Irgendwie hatte er etwas Schuld von ihr genommen und er wärmte sie mehr, als es der Alkohol vermochte. Er küsste ihre Wange, lehnte sich zurück und nahm einen Schluck von seinem Getränk. Er war noch immer beim ersten und sie war mehr als nur ein wenig angetrunken.

Dann kehrten seine Hände zurück an die Vorderseite ihrer Schultern ... und bewegten sich unter ihr Oberteil, strichen über ihre Brüste.

„Ich – ich glaube nicht, dass dort irgendwelche Muskeln sind", sagte sie, etwas atemlos, als ihr Körper erwachte und nach Sex schrie.

„Nun, ich muss mich vergewissern, oder nicht?" Seine Finger massierten leicht ihre Brüste. Er küsste ihre Schulter, sein Ein-Tages-Bart kratzte, die Rauheit sandte ihr Schauer über den Rücken. Ihre Nippel verhärteten, und er bemerkte es, da er jede einzelne zwischen seinen Fingern gefangen hielt.

Ihr wurde heiß und sie versuchte, sich herumzudrehen, ihn zu berühren, aber seine Hände hielten sie an Ort und Stelle. Sie spürte ein Kneifen an ihrer Schulter. „Sagte ich, dass du dich bewegen darfst?", fragte er, zwickte beide Nippel und sandte Schockwellen durch sie hindurch.

Als er ihren Rücken wieder an den Sessel presste, fuhr Hitze durch sie. Er übernahm so leicht die Kontrolle über sie. Er knabberte an ihrem Ohr und saugte an ihrem Ohrläppchen und ihr Innerstes schmolz dahin.

„Ich könnte dir den Rest meines Zuhauses zeigen", murmelte er und zog sie auf die Füße. „Ich habe auch ein Schlafzimmer." Er führte sie in den hinteren Bereich des Hauses, vorbei an der Küche, da ließ ihn ein Geräusch stoppen.

Jessica blinzelte, als sie die rotgetigerte Katze bemerkte, die durch die Küche stolzierte.

„Ah, wurde auch Zeit. Ich fragte mich schon, ob du auftauchen würdest", sagte Sir zu der Katze und ging in die Knie, um sie zu streicheln. Er schaute hoch. „Darf ich dir Galahad vorstellen?"

„Galahad?", wiederholte sie ungläubig. Das musste die größte und hässlichste Katze sein, die sie je gesehen hatte, und im Tierheim waren ihr schon einige Monster begegnet.

„Er ist ein sehr ritterlicher Kerl."

Jessica kniete sich auf den Boden und streckte einen Finger aus, um sich beschnuppern zu lassen. Anerkennend stupste der Kater ihre Hand an und kam näher, um gestreichelt zu werden. „Du musst ein guter Kämpfer sein." Sie runzelte die Stirn angesichts seiner abgekauten Ohren und der vernarbten Nase.

„Er ist seit etwa fünf Jahren bei mir, seit ich ihn gefunden habe, als er die Müllbeutel durchwühlte. Er war schon damals groß, ist aber noch gewachsen seitdem."

Nie hätte sie ihn für jemanden gehalten, der eine Straßenkatze adoptieren würde. Sie kannte ihn wirklich überhaupt nicht, oder?

„Ben sagte, du wärst geschieden?", platzte sie heraus, dann wurde sie rot. Ja, Mann-Frau-Sozialkompetenz war wirklich nicht ihre Stärke.

„Seit etwa zehn Jahren", sagte er, als wäre ihre Frage nicht ungewöhnlich. „Wir hatten jung geheiratet, als ich im Militärdienst war. Da ich die meiste Zeit jener sechs Jahre im Ausland verbracht habe, lief es ganz gut, bis ich entlassen wurde. Danach versuchten wir beide es noch, aber als ich mich an der Hochschule für Aufbaustudien eingeschrieben habe, hat sie es aufgegeben." Er hob die Augenbrauen. „Neben anderen Unterschieden bevorzugte sie eher gewöhnlichen Sex."

Er gab der Katze einen letzten Klaps, bevor er aufstand und Jessica die Hand entgegenstreckte. Sie ließ sich von ihm hochziehen.

„Und warst du je verheiratet?", fragte er.

„Nein. So weit ist es nie gekommen", gestand sie. „Ich habe nie –" Sie verstummte, sie würde ihm nicht verraten, dass Sex für sie immer langweilig gewesen war.

Seine Augen blitzten, als hätte er den Gedanken aus der Luft aufgefangen. Idiot. Aber er zerzauste nur ihr Haar, bevor er ihr den Rest seines Zuhauses zeigte. Im Büro war eine Pinnwand mit Fotos und Briefen seiner kleinen Klienten. Gerahmte Buntstiftzeichnungen schmückten die Wände. „Das ist eine schöne Sammlung", sagte sie und berührte das Foto eines kleinen Kobolds mit Zahnlücke, der in die Kamera grinste.

Er bewegte seine Schultern. „Ich bin schon eine Weile dabei."

Und die Kinder bedeuteten ihm genug, dass er sein Büro mit ihren Kunstwerken dekorierte, dachte sie und rief sich die Büros ihrer Kollegen ins Gedächtnis, die mit Auszeichnungen aus der Wirtschaft, Fotos von berühmten Klienten und Golftrophäen gefüllt waren.

„Zwei Gästezimmer hier." Er ging den Flur hinunter. „Und das ist mein Lieblingszimmer", sagte er und zeigte ihr einen Raum mit älteren Möbeln, bequem gepolsterter Couch und Sesseln, einem gigantischen Fernseher an der Wand, einem Klavier in der Ecke und einer Wand voller Bücher. Sie ging hinüber, um sie näher zu betrachten. Sir Arthur Conan Doyle, Agatha Christie, Dashiell Hammett, Ross Macdonald. Ihre Augenbrauen hoben sich, viele dieser Bücher hatte sie auch. Ihre Fantasie präsentierte ihr ein

Bild, wie sie auf seinem Schoß saß, beide lesend, und über Mörder und falsche Spuren diskutierten.

Schließlich stieß er die Tür zu seinem Schlafzimmer auf. Dunkelblauer Teppichboden, Mahagoni-Möbel. Hohe bogenförmige Fenster, die sich zur Nachtluft hin öffneten. Ein Kingsize-Bett. Sie hielt den Atem an. Ihr Körper erwachte, als hätte er nur auf diesen Raum gewartet.

„Ich glaube, du wirst die Einrichtung in diesem Zimmer mögen." Seine Stimme war heiser, als seine Hände sich auf ihre Taille legten, warm und hart und –

Ein eingerostetes Miau erklang aus der Küche. „Ich muss ihn füttern, sonst wird er nicht aufhören, sich zu beschweren." Er küsste ihren Nacken, dann ließ er sie los. „Das Badezimmer ist gegenüber, falls du es brauchst."

Als er verschwunden war, durchquerte sie den Raum. Sie musste definitiv auf die Toilette, jetzt, wo er ihre Aufmerksamkeit dorthin gelenkt hatte. Das Bad war aus Gold und Marmor mit dunkelgrünen Handtüchern. Die Badewanne war groß genug für zwei und in der Dusche hätte ein ganzes Fußballteam Platz gefunden.

Während sie sich die Hände wusch, blickte sie in den Spiegel und keuchte. Wimperntusche und Eyeliner hatten Streifen auf ihren Wangen hinterlassen, sie sah aus wie eine regennasse Prostituierte. Sie rubbelte alles weg, schaute prüfend in den Spiegel und zuckte zusammen. Sogar mit Make-up sah sie nur bedingt hübsch aus, ohne jedoch ...

Sie starrte auf das nackte Gesicht im Spiegel, löschte das

Licht und ging zurück ins Schlafzimmer. Sie konnte Sir mit der Katze reden hören, seine tiefe Stimme verursachte ein Flattern in ihrem Bauch. Mit ihr redete er auf die gleiche Weise, bemerkte sie. War sie für ihn nur ein weiteres Haustier?

Ihr Blick fiel auf das Bett und das hässliche Gefühl in ihrer Brust verstärkte sich. Wie viele der Frauen dort unten hatte er schon in seinem Bett? Bens Worte kamen ihr in den Sinn: *Die Frauen fallen über ihn her, und in seiner Welt ist er als der beste Master bekannt. Das bestätigen die Subs, die es wissen müssen.* Eine Menge Subs anscheinend.

Würde diese hübsche Blondine morgen hier oben sein? Jessicas Hände schlossen sich zu Fäusten, aber wen sollte sie schlagen? Die Blondine? Oder sich selbst, dafür, dass sie so dumm gewesen war und sich tiefer darauf eingelassen hatte, als sie es hätte tun sollen? Er hatte nie angedeutet, dass er sie für mehr als nur Sex wollte. Und sie hatte den Sex genossen, hatte anfangs nichts anderes gewollt. Aber je mehr sie über ihn dazulernte, desto mehr mochte sie ihn.

Sie wollte ein *wir*, aber er hatte nicht die gleichen Gefühle.

Es gab keine Zukunft mit ihm. Sie trat an die Fensterfront und blickte nach draußen. Schwarze Wolken zogen auf und verhüllten den Mond und die Sterne in der Dunkelheit. Es würde noch vor dem Morgen in Strömen regnen.

Sie schlang die Arme um sich, Trauer verdrehte ihr den Magen. Sie sollte jetzt wirklich gehen; sie hatte gelernt, dass es eine Dummheit war, bei Sturm auf Landstraßen zu fahren. Sie hatte hier nichts mehr verloren.

Sie warf einen Blick zum Bett und ihre Kehle schnürte sich zu. Sie würde nur noch mehr verletzt werden, wenn sie jetzt mit ihm schlief, zuließ, dass er mit ihr Liebe machte ... Nein, was sie beide hatten, war keine *Liebe*, und genau das war das Problem, oder?

„Jessica?" Er stand in der Tür. Sie fing den verwirrten Ausdruck in seinen Augen ein, das Stirnrunzeln, dann lehnte er sich gegen den Türrahmen, kreuzte die Arme und wartete. Betrachtete sie mit einem intensiven Blick. Master Z.

Ihr wurde bewusst, dass sie nicht einmal seinen Namen kannte. Sie fühlte sich, als hätte der Sturm bereits begonnen. Nein, sie musste hier weg, bevor sie sich vollkommen lächerlich machte.

„Ich denke, es ist Zeit für mich zu gehen", schaffte sie zu sagen.

Er neigte seinen Kopf. „Ich habe mein Schlafzimmer nicht so eingerichtet, um eine Frau traurig zu machen. Oder um in ihr das Bedürfnis zu wecken, wegzulaufen."

„Es tut mir leid, Sir. Es ist nur ... es war eine lange Nacht." Ihre Brust schmerzte so sehr, dass sie die Hände dagegendrücken wollte. „Ich gehe nach Hause."

„Nein. Das tust du nicht."

Sie blinzelte. „Du kannst mich nicht –"

Sein Mund verzog sich zu einem schwachen Lächeln. „Nein, ich werde dich nicht aufs Bett werfen und mich mit dir vergnügen, so verlockend ich den Gedanken auch finde."

Die Vorstellung ließ Hitze durch ihre Adern strömen.

„Aber ich werde dich auch nicht gehen lassen, solange du noch unter dem Einfluss von Alkohol stehst. Ich hätte dir überhaupt keinen Alkohol gegeben, wenn ich nicht gedacht hätte, dass du die Nacht hier verbringst."

„Oh." Nun, sie hatte wahrscheinlich mehr getrunken, als sie hätte tun sollen. Aber verdammt sollte sie sein, wenn sie hier bei ihm bleiben würde. „Ich fahre ganz langsam."

Seine Augen verdunkelten sich, die Muskeln in seinem Kiefer spannten sich an. „Eher kette ich dich an eine Wand im Kerker, als dich so gehen zu lassen."

Dieses Bild ließ sie tatsächlich feucht werden und sie schloss die Augen. Sie konnte nicht in seinen Räumen bleiben. Oder zurück in den Club gehen und sich in der sexgeschwängerten Atmosphäre aufhalten. „Ähm. Vielleicht mache ich einfach einen netten Spaziergang."

Er schüttelte mit einem Anflug von Verzweiflung den Kopf und streckte ihr dann die Hand entgegen. „Komm, Liebling, ich habe eine bessere Idee."

Sie zögerte.

„Sex gehört nicht dazu."

Warum fühlte sich seine mühelose Nachgiebigkeit so enttäuschend an? „Okay." Seine Hand verschlang ihre, warm und kräftig, und nur ihn zu berühren ließ sie mehr wollen. Oh, das musste aufhören.

Er schnappte sich eine Flasche Wasser aus dem Kühlschrank, führte sie dann zur Hintertür und die Stufen hinunter in den Hinterhof.

Sie runzelte die Stirn. „Das ist nicht der Bereich, in dem

wir zuvor schon waren, oder?"

„Das war der Garten an der Seite. Dies ist die Rückseite. Der Bereich ist nur für mich." Er hob ihr Kinn an und küsste sie. „Er ist sehr privat."

Mein Gott, konnte er küssen! Als er sich zurückzog, waren ihre Arme um seinen Nacken geschlungen und ihr ganzer Körper an ihn gepresst. Sie fühlte sich so gut in seinen Armen – warm, beschützt … *bescheuert*. Sie schubste ihn weg, machte einen Schritt zurück und versuchte, ihre Atmung unter Kontrolle zu bringen. „Kein Sex?"

Er lachte leise. „Ich betrachte Küssen nicht als Sex."

„Küssen ist Sex." Sie starrte ihn an. Wäre Küssen kein Sex, wäre sie jetzt nicht so angeturnt.

„Da du nicht an Sex interessiert bist" – er schenkte ihr einen ausdruckslosen Blick – „kannst du dich genauso gut entspannen." Er führte sie an von Solarlaternen beleuchteten Blumenbeeten vorbei zu einem sprudelnden Jacuzzi. Hitze stieg aus dem Wasser. Nachdem er die Flasche abgestellt hatte, zog er ihr das Nachthemd über den Kopf.

„Hey!"

Er ignorierte sie, löste die Lederfesseln, die noch immer an ihren Handgelenken waren, dann nahm er ihre Haare zusammen und drehte sie auf ihrem Oberkopf zu einem lockeren Knoten. Die Hand auf ihrem nackten Hintern, schubste er sie zum Wasser. „Rein hier."

Die Möglichkeiten waren begrenzt. Sie konnte sich mit ihm wegen ihrer Kleidung streiten oder hineinsteigen, wo sie sich im blubbernden Wasser verstecken könnte.

Die Hitze verschlang sie, als sie sich auf dem Sitz niederließ. Das Wasser spritzte sanft um ihre Schultern. Ihre Handgelenke fühlten sich leicht an ... nackt ... ohne die Fesseln. Sie wusste, dass er sie abgenommen hatte, damit sie nicht nass wurden, aber es fühlte sich an, als hätte er sie damit aus seinem Leben entfernt. Sie biss sich auf die Lippe, zwang sich zu einem Lächeln. „Das fühlt sich wirklich gut an."

„Gut." Er studierte ihr Gesicht, seine Stirn runzelte sich, dann öffnete er die Flasche Wasser und reichte sie ihr. „Trink das. Ich möchte nicht, dass du dehydrierst."

Während sie an dem Wasser nippte, zog er in gewohnt effizienter Weise seine Hose aus. Am Rande des Jacuzzi stehend, umrissen vom glühenden Mond, sah er aus wie ein Gott. Groß, die Schultern so breit, Muskeln, von Schatten und Mondlicht gezeichnet.

Er stieg ins Wasser und setzte sich neben sie. Nachdem er ihr mit einem Finger leicht über die Wange gestrichen hatte, lehnte er sich zurück und ließ einen Arm genau auf der gemauerten Kante hinter ihrem Kopf ruhen. Eine Eule schrie aus den Bäumen und die Blätter raschelten in der leichten Brise. Das gedämpfte Geräusch einer Autotür drang in den Hinterhof, dann fuhr ein Wagen weg. Während der Jacuzzi sanft sprudelte, legte Jessica ihren Kopf auf den muskulösen Arm hinter sich. Sie würde ihren Geist klären, ihm zeigen, dass sie wieder nüchtern war, und in einer Stunde wäre sie von hier verschwunden.

KAPITEL VIERZEHN

Zachary beobachtete, wie sich seine kleine Sub langsam entspannte, der Stress und die Aufruhr der Nacht sich aus ihren Muskeln lösten. Es war ein anstrengender Abend für sie gewesen. Einer, der vor ein paar Minuten fast ein abruptes Ende genommen hätte. Was war in ihren Gedanken vorgegangen, dort im Schlafzimmer? Er schüttelte den Kopf. Die Fähigkeit, Empfindungen zu lesen, half nicht immer, sie auch zu verstehen. Zuerst war Verlangen in ihr gewesen, dann Verwirrung und ... Entschlossenheit. Ja, das war es. Und dann Trauer.

Trauer, als sie sagte, sie wolle gehen. Kein Ärger auf ihn, keine Abneigung. Er hatte einen entscheidenden Schritt ihrer Argumentation verpasst, verdammt. Aber er hatte eine Nachricht erhalten, laut und klar; wäre sie in diesem Moment von ihm gegangen, hätte er sie nie wieder gesehen.

Er nahm ihre Hand, küsste ihre Finger, und sie seufzte nur. Sie eine solche Entscheidung treffen zu lassen, wenn sie berauscht und von Gefühlen verwirrt war ... er wusste es besser. Wenn sie immer noch so empfand, wenn sie aufwachte, dann würde er ihr nicht im Weg stehen. Obwohl er sie verdammt nochmal dazu bringen würde, ihr Problem auszusprechen.

Er war schließlich *Psychologe*.

Genug Psychologe, um sich selbst zu kennen und zu wissen, dass er sie nicht gehen lassen wollte. Ganz im Gegenteil. Er hatte schon herausgefunden, dass er sie wiedersehen wollte, aber seine Gedanken waren nicht weitergegangen als bis zu dem Punkt, sie im Club zu genießen. Im Laufe des Abends jedoch hatten sich seine Absichten geändert. Und als sie ihn verarztet und mit ihrer Sorge mit Wärme erfüllt hatte, hatte er gewusst, dass er verloren war. Er wollte mehr von ihr als nur ein paar Abende im Club. Sie erweckte Gefühle in ihm, die er seit langer Zeit nicht mehr gefühlt hatte.

Mit behutsamen Fingern strich er eine feuchte Locke aus ihrer Stirn. Sie hatte das verwischte Make-up im Badezimmer von ihrem Gesicht gewaschen. Wusste sie, wie diese Tränenspuren, diese Beweise von Verletzlichkeit, an einem Dom zerren konnten? Offensichtlich war ihr nicht einmal bewusst, wie hübsch sie gerade aussah, ihre Wangen von der Hitze gerötet, ihre Lippen weich und zum Küssen einladend.

Nachdem sie im Wasser schon fast einschlief, zog er sie

heraus, trocknete sie ab und steckte sie in sein Bett, genoss die Art, wie sie sich unbewusst an ihn schmiegte, weich an seiner Seite.

Er wachte vor dem Morgengrauen auf, das Mondlicht schien durch das Fenster. Sie sah genau richtig aus, entschied er, ihr goldenes Haar lag ausgebreitet über den dunklen Kissen, ihre Rundungen brachten Leben in sein Bett. Er schüttelte den Kopf, verwirrt von ihrer Anwesenheit. Der winzige Raum unten war der Ort, wo er seine Frauen hinbrachte, sie wurden nicht hier in sein Zuhause eingeladen.

Doch im Gegensatz zu vielen anderen, hatte sie sich nicht um eine Einladung bemüht. Er wollte sie hier haben. Zur Hölle, er hätte sie wahrscheinlich wie ein Höhlenmensch über seine Schulter geworfen und hochgetragen, wenn sie nicht zugestimmt hätte. Sie war ein faszinierendes Wesen: die schiere Intelligenz, der logische Verstand und die Zurückhaltung, die ihre Leidenschaft unter sich versteckt hielten. Die Loyalität zu ihrer Schwester, ihr Mut ... sie war schon etwas Besonderes, oder?

Sogar Galahad hatte seine Zustimmung erteilt.

Seine Hand fuhr über die seidene Haut ihrer nackten Schulter und er fühlte, wie er hart wurde. Er hatte schon die ganze Nacht eine halbe Erektion gehabt, seit sie im Klinikzimmer vor Lust geschrien hatte, aber sie hatte Zeit zur Erholung gebraucht, und dann war, was auch immer sie gestört hatte, dazwischengekommen.

Jetzt aber ... er schob die Decken nach unten, entblößte

sie. Das Mondlicht schimmerte auf ihren Brüsten und hinterließ verlockende Schatten. Ihre Taille machte eine Kurve nach innen, dann nach außen zu üppigen Hüften. Die Dunkelheit zwischen ihren Schenkeln rief nach ihm. Seine Hände wanderten über ihren Körper, berührten sie sanft, seine Finger lockten ihn, ihre weichen Brüste zu streicheln. Ihre Brustwarzen wurden zu harten Spitzen. Ihr Atem wurde schneller. Der Duft ihrer Erregung trieb zu ihm, gerade als sich ihre Augen öffneten.

Ihr Körper fühlte sich heiß und bedürftig an.

Wo ist mein Pyjama?, dachte sie schläfrig, dann drängender *Wo bin ich?*

Sie blinzelte und runzelte die Stirn, als sie sich an den Club erinnerte. Sir. Ein Jacuzzi. Sie war so müde gewesen. War sie in seinem Bett?

Ihre Brüste wurden von kräftigen Händen gehalten und sie stöhnte, als sie intensive Empfindungen überkamen.

„Sir?"

„Wir sind noch nicht beim Sex", sagte Master Z. „Du kannst mir sagen, wenn du möchtest, dass ich aufhöre."

Sein Gesicht war über ihr, das Mondlicht warf Schatten auf seine markanten Linien. Er lächelte nur ein wenig. Sie hatte ihn verlassen wollen, erinnerte sie sich. Hatte das nicht noch einmal tun wollen. Ihr Herz schmerzte bei diesem Gedanken.

Sie könnte dieses letzte Mal als eine Art Abschied sehen, nicht wahr?

„Hör nicht auf", flüsterte sie.

Er nahm ein Kondom vom Nachttisch und zog es über. „Nun öffne deine Beine für mich, Kätzchen." Seine tiefe Stimme klang rau.

Sie spreizte ihre Beine.

„Braves Mädchen." Seine Hand berührte sie zwischen den Schenkeln. Sie war schon feucht, wurde es noch mehr, als seine Finger in ihre Nässe tauchten. Ein Finger strich über ihre Klitoris und sandte heiße Blitze durch ihren Körper.

Sie zog sich zusammen, die Hitze stieg schnell auf, als hätte er das Feuer bereits entfacht. Ohne nachzudenken hob sie ihm ihre Hüften entgegen. Als er kicherte, spürte sie, wie ihre Wangen heiß wurden.

Wie konnte er sie so beeinflussen? Sie war noch nie zuvor so hemmungslos gewesen.

„Ich mag es, wie du auf meine Hände reagierst", flüsterte er und küsste sie tief, gründlich, seine Zunge tauchte in ihren Mund so wie seine Finger zwischen ihre Schamlippen. Der Zwillingsangriff ließ ihren Körper vor Verlangen beben. Er ließ ihren Mund frei, nur um zu ihren Brüsten zu wechseln, saugte den einen Nippel, dann den anderen zu harten Punkten, und das Ziehen seines Mundes ließ ihr Innerstes verkrampfen.

Seine Finger strichen weiterhin über ihre Klitoris, immer und immer wieder, bis jede Berührung sie näher brachte und ihre Oberschenkel zu zittern begannen.

Und dann öffnete er sie, positionierte sich und stieß in sie hinein. Ihr geschwollenes Fleisch flammte bei seinem

Eindringen auf. Gleichzeitig drückte er ihre Klit, die einzig notwendige Berührung, auf die sie noch gewartet hatte, und sie schrie, ihre Hüften zuckten an seinen und Wellen der Lust explodierten in ihr, als ihre Gebärmutter sich um seinen dicken, eindringenden Schaft verkrampfte.

Er summte vor Vergnügen, seine Hand bewegte sich zu ihren Brüsten, während er sich sehr, sehr langsam in sie hineinschob und wieder zurückzog. Sein dicker Schwanz und seine Finger an ihren Nippeln hielten ihre Erregung hoch.

„Ich dachte nicht, dass du auch auf normale Weise Liebe machst", flüsterte sie mit heiserer Stimme.

Er liebkoste ihren Hals. Seine Zähne schlossen sich zu einem leichten Biss an ihrer Schulter. Dann leckte er sanft über das Brennen. „Vermisst du es schon, gefesselt zu sein?"

Unwillkürlich zog sich ihre Muschi zusammen und gab ihm so die Antwort, die sie nie auszusprechen gewagt hätte.

„Ah." Seine weißen Zähne blitzten in seinem dunklen Gesicht auf und er fing ein Handgelenk ein und hob es über ihren Kopf. Dann fügte er das andere hinzu. Eine große Hand hielt ihre Handgelenke mühelos auf der Matratze fest. „Das sollte reichen."

„Keine Fesseln?", schaffte sie es zu sagen, ihr war bewusst, dass sie hier noch keine gesehen hatte.

„Ich habe keine. Ich bringe keine Subs mit nach hier oben."

Aber sie war hier, konnte sie noch denken, dann

verstärkte er die Kraft und die Geschwindigkeit seiner Stöße zwischen ihren Beinen. Sie fühlte sich eingenommen und hilflos, irgendetwas zu tun. Mit gefesselten Armen war ihr Körper nicht mehr unter ihrer Kontrolle; sie hatte keine Entscheidungen zu treffen, nichts zu tun, außer zu fühlen. Jede Empfindung brannte durch sie hindurch, das Gleiten seines Schafts öffnete sie hervorragend, seine kräftige Hand hinderte sie an Bewegungen, die andere spielte mit ihren Brüsten, zupfte und kniff die Nippel bis an die Grenze zum Schmerz. Bis zu dem Punkt, an dem jede Berührung ihr jetzt verzehrendes Verlangen steigerte.

Dann ließ er von ihren Brüsten ab, legte seine Hand unter eines ihrer Knie und drückte ihr Bein nach oben, sodass sie noch weiter geöffnet wurde. Er begann in sie zu pumpen und das Pochen zwischen ihren Beinen wurde überwältigend. Ihr Orgasmus erschütterte sie, hart und schnell und heiß wie eine glühende Flamme. Sie stöhnte, als sie sich um ihn zusammenzog und ihre Knie unter seinem festen Griff zitterten.

Dann packte er fester zu und knurrte seine eigene Erlösung heraus; das Gefühl seines harten, zuckenden Schwanzes in ihr ließ sie keuchen.

„Ah, meine Kleine", murmelte er. Nachdem er ihre Handgelenke losgelassen hatte, schlang er seine Arme um sie und zog sie fest an sich. Sein Gewicht lag auf ihr und war trotzdem so befriedigend, sein warmer Atem zerzauste ihre Haare. Der Duft von Sex erfüllte den Raum. Sie fuhr mit den Fingern durch sein volles Haar und presste einen Kuss auf seine feuchte Schulter. *Wie könnte sie dies aufgeben?*

Als er anfing sich zurückzuziehen, packte sie seinen Hintern, grub ihre Finger in die harte Muskelkurve und hielt sein Becken an sich gepresst. „Geh nicht."

Er küsste sie, süß und sanft, bevor er sich zurückzog. „Ich bin gleich wieder da, Liebling."

Nach einem kurzen Moment im Badezimmer gesellte er sich wieder zu ihr und zog sie auf sich. Dies war offenbar eine seiner Lieblingspositionen. Er spielte mit ihren Pobacken, streichelte und drückte sie, Bewegungen, die sie dazu brachten, ihre empfindliche Klit an ihm zu reiben, bis sie sich in seinen Händen zu winden begann.

Er lachte leise. „Du kannst jetzt wieder weiterschlafen, wenn du möchtest", flüsterte er und drückte ihren Kopf an seine Schulter. Sein moschusartiger Duft hüllte sie ein, sein Arm lag schwer über ihrem Rücken und eine Hand hatte immer noch ihren Hintern im Griff. Sie gähnte und versank in Schlaf und Sicherheit.

Als sie aufwachte, lag sie auf dem Rücken, er lag auf der Seite, auf einen Ellbogen gestützt, und betrachtete sie mit diesen silberfarbenen Augen. Ausgestreckt und ohne Decke war sie völlig nackt seinem Blick ausgesetzt. Sie griff nach der Decke, aber er legte seine Hand auf ihre.

„Lass mich dich anschauen", murmelte er und ließ ihre Hand erst wieder los, nachdem er ihre Finger geküsst hatte.

Die Hitze überflutete sie von ihrer Brust bis zu ihrem Gesicht, und an der Art, wie seine Augen Falten warfen, wusste sie, dass sie knallrot geworden war. Sie runzelte die Stirn. „Du bist herrisch."

„Ja, das bin ich", stimmte er freundlich zu. „Ist es nicht peinlich, dass dir das gefällt?"

Huh. Schwer zu beantworten. Er zog ein Kondom über, rollte sich über sie und glitt mit einem harten Stoß in sie hinein. Sie keuchte, als der Schock dieses plötzlichen Eindringens in ihr nachhallte.

„Okay, mein Liebling." Auf seine Unterarme gestützt, umfasste er ihr Gesicht mit seinen warmen Händen und zwang sie so dazu, ihn anzusehen. „Jetzt, da ich deine Aufmerksamkeit habe, darfst du mir erzählen, was vorher los war."

Sein Blick war streng, seine Hände unnachgiebig. Sein schwerer Körper hielt sie auf der Matratze fest, sein Schwanz hatte sie aufgespießt. Es gab kein Ausweichen, weder mental noch physisch.

Sie schluckte hart. Sie konnte ihn dazu bringen sie loszulassen, das wusste sie, sie musste nur fordern, freigelassen zu werden. Und verschwinden. Der Gedanke, ihn zu verlassen, brachte die Schmerzen in ihrer Brust zurück. Sie wollte nicht weggehen.

„Jessica", sagte er sanft. „Haben wir nicht schon genug geteilt, dass du mir mehr vertrauen könntest als nur mit deinem Körper?" Seine Daumen streichelten ihre Wangen. Sie konnte ihn fühlen, hart in ihr, bewegungslos, doch ihr Zusammensein auf die intimste Art und Weise genießend.

Aber sie wusste, wie das enden würde, enden musste. Er

lebte schon seit vielen Jahren allein. Er hatte eifrige Subs zur Verfügung, wann immer er wollte. Warum sollte er sich für sie ändern?

Seine Augen verengten sich. „All diese Gedanken in dir. Erzähl sie mir, Kätzchen."

Kätzchen. Ärger flammte in ihr auf, obwohl sie wusste, dass er sie bewusst so genannt hatte. Sie war kein verdammtes Haustier, das man sich mit nach Hause nehmen konnte und falls es lästig wurde, auf den Müll warf. Nun gut, dann würde er einige Wahrheiten zu hören bekommen.

„Diese Frau, die sich vor dich hingekniet hat? Ich mag es nicht zu wissen, dass sie morgen mit dir hier oben sein wird."

Er schaute verwirrt, aber sie konnte den nächsten Teil nicht zurückhalten.

„Ich möchte nicht, dass du andere Subs hast. Oder andere Frauen." Und dann brach die Unsicherheit über sie herein wie ein Eimer kaltes Wasser. Was machte sie? Als würde es ihn interessieren, was sie wollte.

Sie versuchte wegzuschauen, aber er bewegte weder seine Hände noch seinen Blick von ihr. Das Einzige, das sich bewegte, war sein Schwanz in ihr, gerade so viel, dass sie an ihre Verbindung erinnert wurde. „Hör nicht auf, Kätzchen. Was noch?"

Er hielt sie so mühelos an Ort und Stelle, und ihre wachsende Erregung produzierte einen weiteren Funken Wut auf die Schwäche ihres Körpers und auf ihn, weil er diese ausnutzte. Sie sah ihn an. „Nur noch eines. Sir." Sie spuckte das Wort fast. „Da ist mehr zwischen uns als nur Sex und wenn du nicht komplett blind bist, dann siehst du das auch, verdammt." Er blinzelte angesichts ihres Wutausbruchs. Dann verzogen sich seine Lippen.

„Hitzkopf", murmelte er zufrieden.

„Ich —" Gott, was hatte sie getan? Sie befeuchtete ihre Lippen.

Ihre Verwirrung ließ sein Lächeln noch breiter werden und er küsste sie sanft auf den Mund. „Da stimme ich dir vollkommen zu."

„Ja?", flüsterte sie. Irgendwo in diesem Raum gab es Luft, aber sie konnte sie gerade nicht finden.

Er nahm eine Hand von ihrem Gesicht und berührte ihren Nippel mit einem sanften Finger, schaute zu, wie er sich verhärtete. „Ja. Und ich denke, es ist an der Zeit, dass du mir deine Telefonnummer gibst."

Die ansteigende Hoffnung ließ ihr Herz schneller schlagen. Sie drängte sie zurück und versuchte, über seine Bitte nachzudenken. Nun, eigentlich war es keine Bitte.

Sein Blick hob sich von ihren Brüsten und durchbohrte ihre Augen. *Ein Befehl.*

„Was würdest du denn mit meiner Nummer anstellen?"

Einer seiner Mundwinkel verzog sich nach oben, als er ihren anderen Nippel berührte. „Dich anrufen und fragen, ob du mit mir ausgehst. Mich mit dir an einem anderen Ort als dem Bett unterhalten, so sehr ich es auch genieße, dich hier zu haben."

Die Luft war definitiv weg, sie konnte nicht mehr atmen. Er wollte mehr als nur Sex? Wollte sie wirklich kennenlernen? Oder gehörte dies auch zu diesem Dominanz-Gehabe, nur an einem anderen Ort? Sie zögerte. „Werde ich im Restaurant Sir zu dir sagen müssen?"

„Nein, Kätzchen." Nun war es wirklich ein Lächeln. „Ich bin Zachary, bis wir wieder im Club sind ... oder im Schlafzimmer."

Sie erwiderte sein Lächeln. „Das kriege ich hin", sagte sie leise, von Freude erfüllt.

„Jetzt allerdings sind wir im Schlafzimmer", murmelte er und bewegte sich hart in ihr. „Und ich glaube, du hast mich gerade beschimpft." Sein strenger Mund versprach Vergeltung und seine Augen waren erfüllt von unheilverkündendem Vergnügen. „Gib mir deine Handgelenke."

Ihre Augen weiteten sich vor dunkler Vorahnung, und gleichzeitig brannte ihr Körper vor Erregung. „Ja, Sir."

ÜBER DEN AUTOR

Autoren sagen oft, dass ihre Protagonisten mit ihnen argumentieren. *Dummerweise sind Cherise Sinclairs Helden allesamt Doms.* *Was bedeutet, dass sie keine Chance hat, jemals ein Argument für sich zu entscheiden.*

Als New York Times and USA-Today-Bestsellerautorin ist Cherise dafür bekannt, herzzerreißende Liebesromane mit hinreißenden Doms, amüsanten Dialogen und heißem Sex zu schreiben. BDSM, Leute. BDSM! Wer kann dazu schon ‚Nein' sagen?

Mit den Kindern aus dem Haus lebt Cherise mit ihrem geliebten Ehemann und ihren Katzen am pazifischen Nordwesten, wo nichts gemütlicher ist als ein regnerischer Tag, den sie damit verbringt, neue Bücher zu schreiben.

Rezensionen:

Ich freue mich immer über Rezensionen. Es würde mir sehr viel bedeuten, wenn ihr euch die Zeit nehmt und ein paar Worte über *Der neue Master* verfasst.